热土

赵斌录◎著

台海出版社

图书在版编目（CIP）数据

热土 / 赵斌录著 . —— 北京 ：台海出版社，2022.3
ISBN 978-7-5168-3283-7

Ⅰ . ①热… Ⅱ . ①赵… Ⅲ . ①长篇小说－中国－当代
Ⅳ . ① I247.5

中国版本图书馆 CIP 数据核字（2022）第 062041 号

热土

著　　者：赵斌录		
出 版 人：蔡　旭	封面设计：树上微出版	
责任编辑：王　艳		

出版发行：台海出版社
地　　址：北京市东城区景山东街 20 号　邮政编码：100009
电　　话：010-64041652（发行，邮购）
传　　真：010-84045799（总编室）
网　　址：www.taimeng.org.cn/thcbs/default.htm
E - mail：thcbs@126.com

经　　销：全国各地新华书店
印　　刷：武汉市籍缘印刷厂
本书如有破损、缺页、装订错误，请与本社联系调换

开　　本：710 毫米×1000 毫米　　1/16
字　　数：235 千字　　　　　　　印　　张：14
版　　次：2022 年 3 月第 1 版　　印　　次：2022 年 6 月第 1 次印刷
书　　号：ISBN 978-7-5168-3283-7

定　　价：68.00 元

目 录

主要人物表

李为民——北潞市开发办副主任。先为开发办驻三村工作队队长，后调整为分管开发办下乡工作领导，兼驻刘张村工作队队员

黄茂义——邹家寨村原党支部书记，2018 年秋受党纪处分撤职

黄长义——邹家寨村老干部，人称老支书

黄贵保——邹家寨村村委会计

马当先——北潞市市开发办驻三村工作队队员，2018 年 5 月起调整为驻东王庄村工作队队长

小　晋——北潞市开发办派驻邹家寨驻村第一书记，2017 年 8 月离任

小　桑——北潞市开发办驻三村工作队队员，2017 年 5 月离任

高书记——平长县峡口乡党委书记

李乡长——平长县峡口乡乡长

黄方平——邹家寨村村民，养殖户

黄守一——邹家寨村村民，擅告状，人称"告状大王"

黄东华——邹家寨村原党支部书记，在任期间集体土地被哄抢

冯稳忠——峡口乡退休老干部，数年前黄东华被撤职后曾挂职邹家寨党支部书记

黄建红——邹家寨村村委主任，2017年冬换届后上任

郑　青——平长县县直机关干部，黄茂义撤职后被组织选派到邹家寨村接任党支部书记

文秀丽——北潞市开发办驻东王庄村工作队队员，2018年5月到任

耿平和——北潞市开发办派驻邹家寨驻村第一书记，2017年8月接替小晋到任

马彩霞——北潞市开发办驻邹家寨工作队队长，2018年5月到任

小　亮——2017年5月接任小桑为北潞市开发办驻三村工作队队员，2018年5月起调整为驻邹家寨工作队队员

王　州——北潞市开发办派驻刘张村驻村第一书记，2017年8月接替前任第一书记到任，2018年5月起兼驻刘张村工作队队长

有　志——邹家寨村村民，黄守一之子

秋　喜——邹家寨村村民

红　斌——邹家寨村村民，养殖户

上篇：驻村帮扶日记
——地，还是那块地！

2017 年 3 月 1 日 星期三 晴

参加完晚上的全体党员大会，感到肩上沉甸甸的。

说是全体党员会，其实才八九个人，勉强过全体党员的半数。扩大到村委和村民代表，也就十二三个人。

将近一年的下乡经验告诉我，这其实已经很不错了。现在的农村，留守现象比较普遍。长期外出务工的、陪孩子进城念书的、去县里帮孩子做饭照看孙子的，每个村都占相当的比例。党员和村民代表好些也不在村里。

会议由村支书黄茂义主持，驻村第一书记参加，我作为驻村帮扶工作队队长列席。会议内容主要是贯彻县里三级干部会议（简称"三干会"）精神，研究集体经济破零的办法，进行得倒也顺利。临散会，两鬓霜白的老党员黄长义踌躇了一会儿，咳嗽几声，提起了被抢占的村集体土地的事。

这件事在入户走访时听一些群众说起过。村集体原来有七十亩果园地，八九年前的一个夜里被一部分群众哄抢了。几年来，抢地的群众有的种玉米，有的种菜，有的在上面盖了鸡舍变成了养鸡场，还有的出租给别人种旱地西红柿自己收地租。群众对此很有意见。

我心里本就觉得哄抢土地这个事有失规矩，今天听长义一说，更觉得有悖公平正义，不符合新农村建设的要求，是影响乡村和谐的不和谐音符。

"要建设和谐乡村、小康社会，集体连自己的土地都收不回来，怎么和谐？怎么小康？"长义的发言在会议室引发了热烈的讨论。

茂义支书制止了大家范围越来越广、态度越来越激烈的议论，宣布散会。

我思索着走出大队院的时候，天已经黑了，老党员那激愤的表情在我心头久久挥之不去。

2017 年 3 月 6 日 星期一 晴

上午，跟支书黄茂义、会计黄贵保、第一书记小晋一起去北山察看了退耕还林地，有些震撼。以前只是听说山上有一百七八十亩退耕还林地，对具体面积没有什么概念。到了现场才知道是这么大一片。一层层的梯田从松树林下边绵延好几个山凹，地里参差不齐地生长着核桃树。地块长期疏于管理，大多长满了荒草，没有修剪过的核桃树在萋萋荒草间横七竖八地伸着枝条。

山上松树林有两千亩，退耕还林核桃地近一百八十亩。一问，核桃树是 2003～2004 年间种的，已经有十几年树龄了。因为离村子远，路也不通畅，没怎么管过，秋天核桃成熟的时候有多少收多少，有时候干脆就不收，谈不上什么效益。

有这么个林木基础，依山凹地形就势建个园子，做林业、药材、养殖立体生态开发，发展集体经济，应该是挺好的事。经营方式嘛，可以流转到一两个人手里，承包经营。这样承包人有收益，村集体也有点收入。跟黄支书说起，她更倾向于招商，请外面的老板来开发。

下山的路上，聊起那被哄抢了的七十亩土地，茂义支书和贵保都很气愤。我试探着问，咱能不能把它收回来？他们都很赞同，说，只要收回地来，就是给邹家寨办了一件大好事。那七十亩地在紧挨村边的五个凹里，比这些退耕还林地条件好多了。地收回来一承包，村集体经济自然破零。

黄支书还表示说，自己的亲戚们也有当初占了地的。要收地，先从自己开始。自己首先带头上交，还可以说服几户亲戚交地。

我说，抢地是历史原因形成的，你们在村里跟大家有这样那样盘根错节的联系，不好出面。我们工作队是外来的，跟大家都没有矛盾，收地的事，由我们多出面，村两委支持就行。

进村以来，感觉到村里各种各样的意见纷纷扬扬，形不成个正能量场。是不是能通过收回集体土地的这个事正一正村里的风气呢？

我们一路交谈着下山。

脚下是隔岁的荒草，身后是成片的青松，蓝莹莹的天上悠闲地飘着几朵白云。

2017 年 3 月 8 日 星期三 多云

今天，又走访了几户贫困户。

交谈中有意识地提起抢地的事，大家对此也意见很大。谈到收地，有的群众说是个好事，但难度太大，就怕收不回来。有的群众说之前有个冯支书也想收回来，但因为阻力太大，没能收成，后来给没有抢地的群众一家发了一袋面。有的避开话头顾左右而言他，谈起了对村干部的不满。还有的说，有些占了地的大队干部自己就不是真心想交，只是嘴上说说而已。尽管农村改革已经好多年了，许多百姓还是习惯把"村"叫成大队。

在与我的结对子帮扶户黄河芳交谈的时候，问起他的看法。他抽一阵子烟，踟蹰着说，要交都交，只要是一个标准，咱也交。他是占地偏多的户之一，有人反映也是平时意见大、牢骚多，比较难打交道的户之一。他并没有说不交地，只是强调要一个标准，一碗水端平，这也很在理。他的话让我对他有了新的认识。

村主任坚决支持收地。他占的地少，约有一分多。他痛痛快快表示："要收地，我立马就交！"他的态度让我很感动。

在我走访的这些户中，还没有一个人提出不交或不该交的。这让我心里感到欣慰。

民心所向。看来，是应该考虑考虑收地的事了。

2017 年 3 月 9 日 星期四 晴

今天，工作队三名同志和我们单位派出的驻三村第一书记一起开了个会，正式讨论了邹家寨收地的事。

会议气氛很热烈。大家一致认为，收回集体的土地是培育村里良好风尚的好抓手，对树立正风正气，增加支部和村委威信，增加基层党组织的凝聚力都有好处。而且地收回来对外一承包，集体经济破零自然就实现了。邹家寨村集体基础薄弱，集体经济破零是整村脱贫考核指标中最难的一项。既然群众都拥护，干部也积极支持，工作队应该配合村里下力气把这件好事抓好。

下乡以来，跟许多村的工作队一样，工作大多停留在与村干部寒暄客气层面，总感到有种扎不下根、有劲使不出来的感觉。收地这项有意义的工作让我们这些长期坐机关的下乡干部们有些兴奋。我们都跃跃欲试。

为了稳妥起见，也因为单位有一项临时性工作我一时走不开，会上决定，由工作队马当先和小桑两位同志再做一些走访。每人走访二十户，一来进一步摸一摸群众的思想动向，二来对群众也是个宣传和发动。

有同志提出先做做那几个阻力大的"难缠户"的工作，我赶紧纠正说，收地还没有开始，人家还没有表现出来难缠的意思，不能叫人家"难缠户"，最多只能算是咱们工作中的"重点户"。而且，也不方便单把他们突出出来。还是在走访群众的同时多接触接触，看看他们的表现再说吧。

第一书记小晋的任务是挨个与村两委的干部们坐坐，一对一单独谈一谈，再听听他们的真实想法。有时候，会议上讲的，或者有旁人在场的时候讲的，不见得是他们的真心话。

2017 年 3 月 10 日 星期五 小雨

上午在单位开完会，已经十一点了。惦记着邹家寨的事，赶紧给我的一个帮扶户老黄打了电话，说中午去他家，让他给我做上饭，然后，驱车上路。

老黄是一个人，老伴已经去世好多年了。闺女早年嫁到外村了，儿子十几岁起就去河南打工，后来在河南娶妻生子，安下了家。如今孙子孙女也都在河南上小学了。

吃饭的当口，看到满墙的小学生奖状，老黄自豪地说，是小孙子小孙女在河南的学校得了奖邮回来的。相隔数百里，不能时时享受儿孙绕膝的天伦之乐，看看孙辈们贴在墙上的优秀表现，也是老黄生活中的一种陶醉和享受。我连忙掏出手机，拍了下来。

问起收地的事，老黄觉得有些难。问他原因，他支支吾吾，不愿意多说。后来我才弄明白，他家所住的庙西这边，农业社时是第三生产队，抢地时基本都没有抢上，当然都愿意收回来。可当初抢地的户主要都是一队、二队里既厉害又难缠的户，要让他们痛痛快快地把抢到手的土地交出来，很难。

在老黄眼里，收地就是个不可能的事。这些年来，来来往往的下乡干部多了，提出收地也不是一次两次了，哪有谁会顶着矛盾真去捅这个马蜂窝呢？在他看来，收地也就是说说而已。既然只是嘴上说一说，自己又何必掺和呢？弄不好，传到抢地的人耳朵里，倒给自己惹一身骚。

都是乡里乡亲的，我能够理解老黄的为难。说话间，我拧开水龙头想洗洗手，发现没水。一问才知道，自来水从正月十五前后就停了，到今天已经一个多月了。我问，是光你们家没水还是村里都没水？老黄回答说，庙西这一片家家都没水。看着我疑惑的目光，老黄又说，听人家说是往这边走水的阀门坏了。

坏了一个阀门就能停了一个多月的饮水？我心里有些不满。

告别老黄，又见了几个群众，有人说是管水员黄方平自己家里开着养鸡场，鸡场用水量大，供不上，所以把庙西边这些户的水给停了。

会是这样吗？我迷茫了。

2017 年 3 月 13 日 星期一 晴

　　跟黄支书又做了一次长谈。

　　我从庙西断水说到村里正风正气的树立，说到恶意告状的个别人做法的不妥，说到我的收地计划，说到我们工作队出面唱黑脸，村两委在后台配合唱红脸，一起把这个老大难问题解决了。

　　黄支书没有表示反对。最后，她忧虑地说，不管是谁出面，村民们都会认为是她黄茂义要收，抢地的人都会把账记在她头上的。"但是不管怎样，我支持。"

　　黄支书的表态，让我很受鼓舞。

　　告别时，她提醒我先跟乡里书记乡长谈谈，征求征求他们的意见。

　　工作队是在当地党委和政府的领导下，配合村委开展工作的。她的提醒和我的想法不谋而合。我决定尽快向乡党委和政府汇报汇报。

2017 年 3 月 15 日 星期三 晴

今天接到黄支书的电话，说她向包片干部、乡党委组织委员王委员汇报了工作队计划收地的事，王委员表示这是好事，完全同意。

我很高兴。

2017 年 3 月 16 日 星期四 晴

匆匆赶到乡里的时候，是下午两点一刻。

我把我的想法向高书记和李乡长做了汇报，两位乡领导满口赞成，连说这是好事，党委和政府一定要支持，关键时候还可以组织其他力量予以支援。

具体是什么力量支援，他们没有明说，我也没有问。

送我出来的时候，我感谢两位乡领导对我们工作的大力支持。高书记很认真地纠正我说，不是你该感谢我们，是我们该感谢你，你做的是我们应该做的工作。

我听了心里热乎乎的。

回市里的路上，拨通茂义支书的电话，通报了跟乡里领导沟通的结果。中途要路过平长县城，想找黄东华谈谈。东华是以前的支部书记，这些日子他住在县城。当年，地就是他当支书的时候被抢了的，很想听听他的意见。但没有找到他的电话号码，只得作罢。

2017 年 3 月 17 日 星期五 晴

马当先和小桑、小晋他们从村里回来了，没有按计划完成每人走访二十户的任务，但也带回了群众的一些反映。我们坐下来又开了碰头会。

总的来说，绝大部分群众是赞成收地的，即使占有土地的群众，也没有人说占地就对，不给交回来。

通过走访，基本锁定了几户强烈反对收地的"重点户"。他们态度强硬，很不配合，不说交不交地，只是说村干部如何如何。但是，说一千道一万，谁也不敢说抢地就对，就不该交。如果真有这样的人的话，大概就只有黄守一了。

大家议了收地的具体细节和收回地来怎么办。最后，决定眼下先办两件事，一是尽快和黄支书商量一下具体措施，二是尽快找"告状大王"黄守一谈谈。因为，时间在一天一天过去，春耕在即，时不我待啊！

2017 年 3 月 21 日 星期二 雨夹雪

忙了些其他工作，和马当先、第一书记小晋再赶到村里时天已经黑了。

跟黄支书简单交换了一下意见，能感到她思想上有压力，跟前几天的态度不太一样。旁边坐着的一个亲戚也几次插进话来，说一些消极、泄气的话。

从黄支书家出来，我们来到老支书黄长义家。老人今年七十多岁了，二十多岁开始在村里当干部，一直当了三十年。到抢地那年，他已经不当干部了。抢地的那天夜里，也有人叫他家去抢。孩子们有点动心，被老人坚决制止了。

我递给老人一支烟，透过老人吐出的烟雾，望着这位头发花白的老人。在当初那个你来我往乱哄哄的夜里，老人也是这样稳稳地坐在炕头，抽着旱烟，满脸严肃地跟家人们说："都不许去！"想到这儿，敬意油然而生。

我说了我的想法："来村里这么久了，能够感觉到村里意见成堆，正气不足。我们有心配合村里把集体的地收回来，让村里发展些集体经济。再一个呢，也是想从这件事入手，给咱们村增添一些正气。希望老同志能支持我们。"

老支书微微笑着，说，自己年纪大了，眼睛也不好使了。但你们这是给村里办好事，只要能出上力的地方，决不推辞。

踏着泥泞，一步一滑返回黄支书家，给我们做的汤面已经好了。吃完饭正要去"重点户"黄老三家坐坐，管水员黄方平来了。

屁股还没有坐热，方平就主动说："收地的事，想都不要想。要收地，人家非闹事不可。不信，咱就试试！"

黄支书对他说："工作队正说这事呢。正好你来了，方平把你的意见也当着工作队的面都说一说吧。"

方平探直了上身，往前抻了抻脖子，用力把五官拧成一团，狠狠地说："就不要想！收地，非乱不可！"

知道他是管水员，自家还在抢来的土地上盖着养鸡场，我打断了他的狠话，说，咱先说说水的事。

他没有接我的话茬，继续着他的收地不可能，要收必乱。

我走到沙发前，挨着他坐下来，给他发了一支烟，在他愣了一下神的时候，我插进来说："我跟你说两个事。咱先说第一个，庙西那些人家停水已经一个多月了，是怎么回事？"

他没好气地甩了一下头，扔下一句："阀门坏了。"

"阀门坏了，那为什么不修呢？"

"那你问干部呗！咱知道？"回答得理直气壮。

我严肃地跟他说："方平你听我说，你是管水员，群众吃不上水，我们就得问你。有什么困难，你再跟干部反映。如果哪天你不管水了，换成别人管了，你就是求我问你我也不会问你一句。"我顿了顿，"群众家里断水一个多月了，就能不管不问？将心比心，换成是断了你家的水，你高兴吗？"

"有些家就是有自来水他也不吃，宁愿吃旱井水，旱井不用交水费。"方平的声音比刚进来时低了几度。

"打住，"我再次打断了他，"吃不吃是人家的自由，咱不能因为可能有人不吃就断了人家的水，还心安理得吧？"

针对没有分流阀门的问题，小晋书记主动提出让方平说个规格尺寸，自己掏钱去市里买了给村里带来。解决水的问题就先说成这样了。

说完水的事，返回到收地，方平立马恢复了先前的暴躁模式，非常激动，下巴往前一探一探地说："只要收地，人家就要闹，根本收不成。我劝你们就不要弄。要不，走着瞧！"

我拍了拍他的肩，问："慢！你说的'人家'都是谁呀？"

他疑惑地看了看我们几个，停下了。

我又说："你先别管'人家'，就说你，黄方平，你占了多少地？"

"也就三亩来地吧。"

三亩在平川地多的地区也许算不了什么，但在人均只有一亩地的平长山区，就不少了。

"三亩多，不少了。你先不要管'人家'交不交，闹不闹。我就问你，你的三亩多地交不交，你闹不闹？"

说这句话的时候，我们几个不约而同地一起盯着他的嘴。

"我？"他迟疑了一会儿，说，"我交了又不吃亏，我盖的有鸡舍，你们还能给我拆了？我从大队手里便宜租上（地）养鸡，又不吃亏。我，我……"我的问题显然出乎了他的预料，他有点结巴了。

"等等！你的意思是说，你同意交地，但交完了以后再从大队手里租来继续养鸡，是不是？"

他有些尴尬，眼神快速扫了我们一圈，不吭声了。

方平是代表了"人家"来说话的，当然这个"人家"中也包括他自己。而且很可能他就是其中主要的"人家"之一。当被一步一步逼到墙角，逼得周边没有了"人家"这个挡箭牌可以推搪的时候，他也只好勉强同意交地了。

我说："好。这样就好。不过你记住，如果收回地来不拆你的鸡房，是大队照顾你，不想给你造成大的损失，你要理解。如果国家有规定要拆，立马就得拆，谁也拦不住！我们现在有收回地的打算，到底收不收，要全体党员和村民代表开会决定。如果多数人认为不该收，我们工作队完全尊重大家的选择。如果定下来要收，谁也别想拦！"我说着说着站了起来。激动的情绪有时候就像打哈欠，是可以互相传染的。我也激动了。

找到黄老三家，已经很晚了。老三也是占地较多，不太赞同收地的"重点户"之一。在他家，我们坐了很久，耐心听了他对村里的意见。最后说到收地，他没有赞成，也没有明确表示反对。临走，我们三个肯定了他提出的有些建议，开诚布公地说："来了村里这么久，一直没有机会坐下来认真听听你的意见，是我们做得不够。以后有什么事啊，应该多交流，多沟通。"握手告别的时候，又给他发了一支烟，希望他理解我们的工作。和一进屋的时候"我这个人喜欢直来直去，有什么事你们少跟我绕圈子！"的怀疑、戒备、对立相比，他的态度缓和多了。

不觉间，天已经飘起了细细的雪花。

我们个别干部每天忙忙碌碌，空话连篇，很难抽出空来认认真真听群众说说话，很少认认真真去兑现对群众的承诺，结果在"为人民服务"的口号声中离群众越来越远，跟群众之间的误解越来越深，在群众中的口碑也越来越差。而这每一个"越来越"，都是对党的威信的一次次的伤害。

我们这些跟群众直接打交道的下乡干部，敢不谨言慎行、有诺必践吗？

回到黄支书家的时候，方平刚走。可能他给支书施加了什么压力，黄支书情绪更显低落。问起方平今晚来有什么事没有，支书说没有。我们几个交换了一下眼神，看来，他也许就是来探听消息、设置障碍，试探我们的决心的吧？

针对遇到的情况，我们和黄支书商量了下一阶段的工作步骤。

第一步，先召集一次党员会议，扩大到村民代表，由我结合"两学一做"

讲一次党课，重点激发党员同志们的荣誉感，增加些正能量。

第二步，召开民主生活会，让大家就收地这件事敞开讨论一下，树立责任感和担当意识。

第三步，还是支部扩大会，充分发表意见，讨论地该不该收、怎么收、谁来收、收回来怎么办等具体问题。如果大家同意，形成决议，拟定收地操作细则，张榜公示，正式开始着手收地。

我们是驻村帮扶工作队，职责是帮、是扶，是配合农村基层组织开展工作，不能越俎代庖，把基层组织撂在一边。所以，要做工作，必须先征得党员和村民代表们的同意。这一点是原则问题，不能动摇。

为了开好会议，我们商定请包片干部、乡党委组织委员王委员代表乡党委参加一下，由黄支书去找王委员。等她跟王委员汇报完了，告诉我一声，我再去跟王委员沟通。

黄支书建议让曾经在村里代理过支部书记，也曾一心想收回集体土地的退休老干部冯稳忠书记也来参加一下，我们都赞成。

我对外出务工不能参加会议的党员如何行使表决权等问题提出了意见，大家都同意。

春耕在即，事不宜迟，会议就定在星期六。

顶着沙沙的雪粒离开邹家寨的时候，已是午夜时分。

2017 年 3 月 23 日 星期四 小雨

按照分工，今天由小晋书记去找"告状大王"黄守一谈谈，听听他的想法。下午临下班小晋打来电话，说守一在市里某小区打工，白天没空，他俩没能谈成。

还有明天一天就要开党员会了，开会前想听听守一的想法，他的想法在一部分群众中有一定的代表性。我决定下班以后去见见他。

守一也挺看重这次会面。在我们通完电话，我去他打工的小区辗转寻找他的路上，他又打来好几次电话，问我走到哪里了，告诉我该如何如何走，哪里哪里要直走不要拐弯。他打工的地方也的确难找，当我们像电影里的特务接头一样终于在小区的一个侧边门握手的时候，已经互相寻找了近一个小时了。

这是一个还挺精神的汉子，个儿不太高，眼神里透着精明。问起，他说今年六十四岁了。

到了他打工的临时住处，我在唯一的矮塑料凳子上坐下，他坐在对面的地铺上。谈话开始了。

我说，我到村里下乡快十个月了，早就听人说起你，想见见你，跟你聊聊，老是时间不合适。今天来，就是想听听你对村里一些事的意见。

"意见"两个字打开了他的话匣子。他果然挺有意见，各种意见、各种不满，谈起来口若悬河，滔滔不绝……

听着很累。尽管我预设了足够的耐心，还是感到很累。

开始还能听出点眉目，偶尔也插进去问一两句话。时间长了，就如同长时间用固定的一个节奏击打大鼓，虽然知道一直在"咚咚咚"地响着，耳朵却麻木了。

实在耐不住，我硬插进话去问他提到的那许多大队干部中那个陌生的名字是谁，他告诉我，已经去世十几年了。

我默然。

我不甘心"坐以待毙"，想转换一下话题，问起村子的来历，问为什么叫邹家寨而全村都姓黄，没有一个姓邹的？

这个问题我在村里问起过，没有人说得清。

守一果然比村里的许多人都明白。他给我讲了河南黄姓兄弟迁来平长县在邹家寨安家的大致来历。算来，该是六百多年前的事了。

返回当下，他依然愤愤不平，俨然一个维护公平正义，为民请命的斗士。

这些年来，他辗转在各种告状的路途上，乐此不疲，告状已经成了他生活的一部分。听他说的，有的好像有些道理，有的明显是胡搅蛮缠，还有的就是为了告而告。而其中的大部分问题，认真对待，是可以解决的。

虽然有些事情已经过去了好多年，我还分明看到了他脸上浮现出的某件事如愿解决后的得意和某件事没能告成功的遗憾。

我止住他的话头，说起收地的事。

"收地？我坚决不同意。"

"为什么？"这是我遇到的第一个也是唯一的一个明确表示坚决不同意的。

"要收地也行，先把我那一亩多承包地要回来。"

问他那一亩多承包地是怎么回事，他说是被大队收回去做了林业地的，已经几十年了。

我又问，他说的那一亩多地包含不包含在被哄抢了的那七十亩地里。他说在。问他是不是在种着的时候被抢了的，他说不是，在抢地之前已经成为集体的林业地了。

见我还想问，他不耐烦地说："反正我不管，要收地，就得先把我的那一亩多地给我还回来，就得先把我刚才说的这些事都给我解决喽。"

我再问："你抢了地没有？抢了多少？"

他说不多，有三四亩吧。

见我沉吟不语，他叫了一声"李队长"，说："如果你李队长要收地，好，我也不打，也不闹，我就去纪检委，不对，现在该叫纪检监察委了，还有检察院，去告你。"

这让我很是诧异："你是说，你要去告我？"

"是。谁收地我告谁，谁剥夺我们老百姓的利益我就告谁！"

我伸出右手掌，拦住了他："老黄，你先听我说说。"

他要打断我，我再次拦住了他，说："老黄，我没跟你说说我的情况，你可能对我不了解。我参加工作三十多年了，"我伸出手掌，又一次按住了他想插话的企图，继续说，"三十多年来，虽然职务不高，但不管是工作上还是为人上都还算认真，可挑剔的地方不多。去年来到邹家寨，的确感觉到咱们村里缺乏一股正气。群众有收地的要求，就想配合村里把集体的土地收回来，既发展点集体的事儿，也树立一股正气。我在村里没有任何个人私利，没有任何私心杂念。如果说有，也就是觉得党和政府派我们来了，不要啥也没干成，让老百姓笑话咱。至于说去告我，那是你的民主权利。如果我要收地的话，会把我们领导的电话、我们单位纪检组的电话、市纪委监委的电话、市检察院的电话都抄给你，欢迎从各个角度监督我的工作。

"在村里，我们也会贴出监督电话，随时欢迎大家监督。"

在我认真的表态之后，老黄话锋一转，很轻易地腾挪了回来，"不过，你李队长要是办事公正，我要动员老百姓敲锣打鼓去市政府给你送锦旗。"

我有些无奈，"今年我五十二了，科长也当了十九年了，过不了几年也就该退休了。锦旗就不用送了。我不需要。只希望你在收地问题上能支持我们。"

我累了。身心俱疲。

从黄守一的住处出来，已经凌晨一点了，小雨还在冷冷地下着。小区门口的修路工地上，满地泥泞。

又：整整一天也没有接到黄支书跟王委员落实开会情况的电话。明天时间就更紧了。

2017 年 3 月 24 日 星期五 晴

凌晨四点从梦中醒来，仍被梦里的满地泥泞困扰着。

在梦里，好像一直在跟人斗争，慷慨激昂，义正词严，却满身疲惫。醒了仍很累。昨夜和守一的谈话也在脑中挥之不去。

久而久之，村里这种不良风气已经形成，对恶习的一点点改变都像是一次改革。既然要改，也是到了不改不行的地步。

尽管群众拥护，村里干部配合，乡里党委政府支持，但要真的开始收地，有一番痛苦煎熬和激烈斗争看来不可避免。作为帮扶工作队，也是临时性工作，做出这么大牺牲和努力，值吗？

一边是以长义老支书为代表的邹家寨群众期待的眼神，一边是守一、方平等告状、闹事的喧嚣，在纠结和彷徨中我又睡过去了。

清晨醒来，天已经晴了，依然阳光明媚。

把可能遇到的情况分成乡党委政府、村两委干部、普通群众、"重点户"群众四个板块，认真梳理了一下，觉得虽然有些不和谐的因素，但还是正义的力量占上风。

干。

为了公平正义，为了善良的群众，干。

为了还邹家寨一片晴朗的天空，值。

为了公平正义，值！

为了心中的理想，值！

塌下心来，背水一战。开弓没有回头箭，干吧！

我们一方面联系已经着手解决邻村集体土地问题的新闻摄影办公室驻村工作队，准备上门求教；一方面开始研究实施的具体细节。

按前天夜里商定的计划，明天就该召开党员和村民代表会议，讲党课统一思想了，黄支书那里还迟迟没有消息。我有些着急。给黄支书打了电话，问她联系王委员的事，她避而不答，说要和小晋书记一起再去见见书记和乡长。我们只好等着。

午后，在焦急的等待中，小晋书记打来电话，说黄支书领他一起去向书记、乡长做了汇报。黄支书对高书记说工作队要收地，但工作队不摸村情，收地会引起不稳定。今年是整村脱贫年、换届选举年等，村里的意见还是保持稳定，先不动为好。高书记听了，表示尊重村里意见，如果收地会引起大的不安定，就和工作队商量先缓一缓。

这太突然了！

怎么会变成这样？

按照原来的计划，此时此刻应该是她通知会议，组织人员，我精心备课，一起组织全体党员和村民代表统一思想，紧锣密鼓地推进的时刻呀！

我们是驻村帮扶工作队，帮扶帮扶，在帮在扶。我们可以出主意、敲边鼓、给信息、创条件，甚至可以依照基层党组织的决定冲锋陷阵，但不能反客为主，不能越俎代庖。

工作队始终要在党委的领导下开展工作，这是恒定不变的工作原则，我们必须遵从。

党组织的决定，我们必须服从。

雄心勃勃的收地计划，泡汤了。

2017 年 3 月 25 日 星期六 晴

黄支书打来几次电话，我都没有接。

接起来真不知道该说些什么。

最近单位有一项挺着急的临时性工作，压得没节没假的，几乎天天加班。因为有邹家寨的事惦记着，心里更是疲乏。一有空，脑子里轮番转着的就是开会、表决、公告、丈量、上访、告状、危机化解……微闭双眼，脑海里一会儿是老党员和邹家寨群众期待、期许的眼神，一会儿是"重点户"敌视、挑衅的目光，一会儿又是乡党委政府领导真诚、恳切的谈话，更多的则是村干部们的理解支持。而现在，都告一段落了。收地，像一个大大的泡沫，被人抛在空中轻轻一吹，无声地破灭了。

肩上轻松了，心里却更失望。

后来，终于在晚些时候接了黄支书的电话，听她解释了一通。

我想我能理解她作为最基层党组织负责人工作上的不容易。我是外来的干部，无私无欲，了无牵挂，为了公平正义，可以一跃而起，不管不顾。而她祖祖辈辈生活在这里，要一下子理清那犬牙交错的枝枝节节、那千丝万缕的盘根错节，的确很难。一定程度上，我理解她。

可是，退让、拖延，什么时候是个头呢？我无声地摇了摇头。

前天夜里，跟那个告状告了三十多年的黄守一艰难地谈到后半夜，虽话不投机，但我没想到退缩，我也不敢退缩。因为，我的身后站着邹家寨三百多口百姓，身上背负着三百口百姓治乱向好、和谐发展的期望。

虽然有困难，虽然有阻力，也许真有一些暂时的稳定隐患，但我们站在正义的立场，为了邹家寨大多数人民的利益，横下心来，披坚执锐努力一把，行吗？

可惜了。

这么一个好机会，可惜了。

从心底深处感觉对不起年逾古稀的黄长义老支书，对不起邹家寨那些虽谈不上热心追随，但内心善恶分明的百姓们。

我手里拿着电话走神了。在黄支书一遍遍解释的时候，我的思绪像一片云，飘浮在高高的天空。邹家寨远远地卧在那云端下面，几树杏花含苞待放。

她的解释像穿过了厚厚棉絮般的云层，艰难、遥远而无力。

我表示能够理解。

我宽慰了她。

我的宽慰很原则，很大度，很有领导范儿。

挂断了电话，我为自己的虚伪惭愧。

2017 年 3 月 26 日 星期天 晴

给马当先、小晋、小桑他们发了微信，满是愤懑、不甘和无奈。

同志们安慰了我。

在同志们的安慰里我更愤懑、更不甘、更无奈。

2017 年 3 月 30 日 星期四 晴

今天上午，我提议召开一次工作队和全体党员、村民代表的联席会议。有人问会议内容，我说一是讨论一下发展集体经济的项目问题，二呢，也对前一阶段的工作交流一下思想。

因为白天都有事，会议定在晚上开。

晚七点，开会了。还是十二三个人，加上工作队全体、小晋书记一共十六七个人。

集体经济项目经过一番讨论，大家比较倾向于光伏发电，有表决权的十三名同志，十二人同意，一名同志持保留意见。

进入第二个议程，以我说为主。

"今天是工作队全体和全体党员、村民代表的联席会议，我想借这个机会跟大家说说心里话。

"我是去年按照市委统一安排来咱村脱贫帮扶的，五月三十一号找茂义支书正式报的到，到今天整整十个月了。十个月以来，也做了一些事，但还是有很大欠缺。我先做自我批评。"

接着我从入户走访不够深入，停留于嘘寒问暖、表面客套，工作滞留于干部层面，没有真正走进百姓心里，对群众提出的问题有些回复不及时，有可能造成群众新的误解，一些活动满足于开开会、露露脸、拍拍照、发发微信，没有注重实际效果等方面检讨了自己的不足，认真做了自我批评。

"造成这种现象的原因，我分析有三个：一是浮，在机关工作时间长了，没有农村工作经验，一时合不了拍。工作浮躁，偏重形式，落实不够。二是懒，嘴懒、手懒、腿懒、心懒。有时候觉着自己做的跟别人比也差不多了，就自我放松，躲清闲了。三是新，我虽然五十多岁了，参加工作三十多年了，但生活轨迹基本是上学、上学、再上学，然后到机关，一坐三十年。农村工作对我这个老同志来说，还是新领域、新问题，好多都得从头学习。请各位干部同志、党员同志、代表同志多提醒我、帮助我。

"去年来村里之前，县里两个部门有两个同志分别跟我说过两句话，意思都差不多，第一句是说邹家寨是个问题村，第二句是说，不过这两年村里还是办了不少事。

"到了村里，我首先感受到了第二句话。这几年，在茂义支书为首的村两委带领下，村里建了大型饮水蓄水池、改造了供电网、自来水入了户、硬化了文化广场，的确做了不少事。再往前看，前任以及前任的前任村干部们也克服困难，付出了艰苦的努力，做了许多事。有的我知道，像修盖学校、打通乡村路、街道硬化等。还有好多，我不了解，举不出来。大家在这片土地上生活，对他们给邹家寨做出的贡献比我清楚。作为半个邹家寨人，我也很感激他们。也很感激在座的各位党员、村民代表同志，是你们的支持和配合给干部们搭建了为大家做事、做好事的平台。

"接下来，走访群众以及后来发生的一些事，让我感受到了前面的第一句话：邹家寨是个问题村。

"这个问题不是指的村容村貌，这方面我们跟别的村没有太大的差距。问题出在人们的风尚风气，出在精神面貌上。

"大家都知道，前些日子，我们提出了收回集体土地的动议。收不收，我们工作队说了不算。得今天在座的和因为各种原因不在座的全体党员和代表同志们说。大多数同志说收，我们积极行动，细化办法，一步一步落实，去收回来。如果大多数同志说不能收，我们服从会议决定，停下来，等以后时机成熟了再收。我们大家是个组织，我们是代表全体邹家寨人民的组织。我们得表决，必要时还得投票，我们得讲民主。

"但是，在前期调研摸底过程中，我们发现了这样那样的问题，有的还很不和谐、很不正常。

"这么多问题，分析下来，大体是三个方面……"

我详细解析了群众提出的问题。大家在静静地听，当我说到跟黄守一的交谈和他提出的问题时，许多同志会心地笑了。

我喝了几口村干部递过来的水，继续我的发言。

"今天有些激动，不对的，欢迎同志们批评。

"说了这么多问题，不是说咱邹家寨就一无是处、不可救药。广大的邹家寨人民是好的。如果没有大量正直、善良、是非分明的邹家寨群众支持，我们也不会提出收地的主张。但是，今天开会是为了交流真实思想，解决问题。互相吹捧、互相奉承，你好我好大家好解决不了咱村面临的问题。中央说，要坚持问题导向。必须揭示问题、了解问题，才有解决的可能。不是吗？

"我感觉咱邹家寨的问题最主要是散，一盘散沙。缺乏积极向上的向心力。因为向心力不够，有时候，连一盘散沙都不如。

"我们都不是圣人，都有这样那样的缺点和错误，我们欢迎善意的提醒和监督，有则改之，无则加勉。但有个别人，出于一己私利，天天端着放大镜，甚至是显微镜在挑剔干部，找碴生事，这也很不正常。"

"而我们一些干部，"我顿了顿说，"刚才我做了自我批评，现在我也要批评一些事、一些人。批评和自我批评应该是我们这个组织最有效、最经常性的工作方法。批评是关心，是爱护，是帮忙，是为了维护组织的团结，是为了增加组织的凝聚力，请大家理解。批评错了，也请大家批评我。

"我们一些干部，投鼠忌器，躲躲闪闪，怕这怕那。这一点我听到好几个群众有反映。大家知道吗，这样做，最终牺牲的是民心民意，牺牲的是老百姓对党和政府的信心！

"怕？怕什么？不就是在××问题上存了点私心吗？不就是××工作做得不太规范吗？《党章》说了，我们正处于并将长期处于社会主义初级阶段，这个阶段还需要上百年。什么是初级阶段？我的理解，就是生产力水平还不足够高，物质财富还不足够丰富，人们的思想水平也还没有达到很高的境界，还有这样那样的私心杂念存在。因为物质不够丰富，不可避免有些不当竞争行为。因为思想高度还不够，一些不正确想法也是客观存在的，也可以理解。但是，我们是共产党员，是大家选出来的干部，我们不是一般人。群众选出我们不是让我们照顾自己的亲朋好友，不是让我们给自己谋利益的。记住这一点。请牢牢记住这一点！有私心，我们应该克服，也能够克服。不规范，我们应该完善，也能够完善。我们经常照照镜子，拍打拍打灰尘，堂堂正正的，有啥可怕的？"

有些激动，口干舌燥。低头喝了半杯水。

"我今年五十二周岁，按咱村里的话说，五十三了，人老了，头发也白了，再有几年也就该顺顺当当退休了。可我在咱村时间长了，发现了这样那样的问题，尤其是地的问题，牵涉面大，干部群众反应强烈，我们无法回避，不忍坐视，才提出了收地的主张。也是想通过收回集体的地给咱村的公平正义壮壮胆、撑撑腰。我也想了，干部们常年在村里生活，牵手绊脚的，有些事不方便做。我们工作队是外来的，没有任何个人恩怨，没有任何私心杂念，你们不方便的，我们来做。但你们要支持我们。要从内心深处真心实意地支持我们！

"知道大家不容易，因为种种原因，我们村的干部和别村的干部相比，处在更严厉、更苛刻的群众监督之下。可总不能一直这样下去吧？

"现在人们总说乡愁乡愁。我们自己在家不觉得，那些从咱村走出去的邹家寨人，常常怀念的就是咱的村子。村里的老麻池，村里的大槐树，村里的老院落，浓浓的乡音，浓浓的乡情，这就是乡愁。人生不长，短短几十年，我们也最终要老去，也要离开这片土地。我们总不能让邹家寨漂在外的游子们和我们的子孙后代戳着脊梁骨骂我们，说就是这伙人坏了规矩，毁坏了我们的家园吧？

"今天，有两位同志应该来参加这个会，他们是村民代表，他们就在村里，但没有来开会。开会之前，有一位同志不是党员也不是村民代表，但也主动来会上转了转，看了看。据我的了解，这三个同志都是不太情愿交出抢占的土地的。今天为什么这么做？我想前面那两位同志是估计会上有可能商量收地的事，有意避一避。后一位同志是主动来看一看，打探打探风声。这说明他们几位很在意、很重视这件事。这不是坏事。两位村民代表同志，交出土地不太情愿，可来开会如果要表决又不好公开反对。是不是？如果是这样的话，说明两位还是有分寸、有是非观念的。我们应该理解他们这一点，多做他们的工作。

"我不避讳我的观点。通过近一年的下乡工作，特别是近期遇到这些事情，我感到村两委班子不够强，党员先进性发挥不够，凝聚力不够，没有在村里形成一个强大的正能量场。

"由于没有一个坚强的领导核心，没有向好的理念，没有向前看的眼光，所以一些群众孜孜不倦地缠斗于眼前的芝麻绿豆和几十年前的陈芝麻烂谷子里不能自拔，还孤芳自赏、自我陶醉，这种心态，怎么能真正脱贫、实现小康？

"造成这种局面，我想有四个方面的原因。一是有的干部还是有私心，有些事情处理失当。我们说要克己奉公。这个'克'，是克服的克、克制的克。遇到自己的利益和群众的利益有冲突的时候，克制一下，让一让，别跟群众争。遇到事情，把自己家里的、亲朋好友的利益先放一放，出于公心去做。人们说××村的支书，脾气不大好，但办事还公道。前些日子着急给镇里报护林员，他随口说了三个人，大家都服气。因为他说的这三个人的确是既有责任心又最符合条件的贫困户。他办事情出于公心，虽然也有爱骂人的坏毛病，但大家并不很计较他，还是很拥护他。

"我中学的一个老师，好多年前当校长的时候，主持盖了一栋家属楼，三层的。那时候房子还是集资房，福利性分房，很便宜。分房子的时候，他提出，学校里最辛苦的是教学一线的老教师，让他们先挑。老师们都挑完了，校领导再挑。校领导们都挑完了，最后挑剩下的那套就是自己的。三层高的楼房，当时最让人眼热的是中间单元二楼的房子。我的老师坚持让老教师们先挑。遇到利益的时候这样对待，老师们能不服他吗？后来那所学校短短几年间就成了全省响当当的名校。这其中，能说没有他的公心的贡献吗？

"刚才跟大家交流了，遇到'公'和'私'两个小人儿同时蹦出来在脑子里打架的时候，把那个叫'私'的小人儿先摁在凳子上，先听听叫'公'的那个小家伙的诉求，好吗？

"再说，私利，在当时觉着是天大的一个事儿，多少年过去，回头一望又有多大个意思？明朝初年，老黄家在河南某地有兄弟十个人。别人告诉我的准确的话，应该是六百四十二年前，黄家老大、老二、老三三兄弟相约来到咱们平长。几经辗转，老大在邹家寨安下家来。传说黄老大来的时候，原来的村子已空无一人。从残垣断壁看去，曾是一个挺大的村落。这里叫邹家寨，但邹家没有留下一个人。到底是发生了什么变故，使邹家寨整村衰落，断了人烟？谁也不知道。黄老大就在这片废墟上安了家，辛勤劳作，休养生息，繁衍至今，成就了今天我们这个三百多口人的村子。

"邹家在这里遇到了什么？是战争？是响马？是瘟疫？还是可怕的地质灾害？那个兵荒马乱的年月已无法考究。邹家在这里有过怎样的恩怨情仇，有没有为了一点个人私利发生过争斗？那争赢了的是谁？那斗输了的又在哪里？

"谁知道？

"几百年过去，连一点回声都没有。

"雁过留声。刚才我说到的那位邻村支书、那位老校长一定不会知道今天我在这里跟大家谈论他们。但是他们做的事引起了人们的关注，引起了我的共鸣，让我有拿出来说一说、告诉大家的冲动。这就是名声，就是长着腿的口碑。我们，该在邹家寨留下怎样的名声和口碑？

"今天下午从会计贵保家出来，来到中心文化广场，想上个厕所，找了一大圈，没有。好容易找到一个，人家还拉着铁链子用锁锁着。没办法，还得找啊。走了好远才在快到麻池的那边解决了。"

有同志笑了。

28

"大家别笑。同志们想一想，这说明什么？说明我们的工作有缺失啊！村里一个公共场所，人来人往，不但有咱村自己的人，也有过路的、来卖菜的、来找人的。人家来了想上个厕所都没有，连这么个方便之门都不给人家留下，我们说咱们村热情好客、善良厚道，怎么体现啊？

"下午上完厕所，一回头又发现旁边盖房子的那家堆着一堆灰砖。看了看，像庙里塌下来的墙砖。如果是这样，我们的干部同志、党员同志、代表同志哪去了？村里的庙，庙里的砖，怎么能想拉就拉到自己家呢？我们知道吗？我们去阻止了吗？"

这时，会计黄贵保插话说他看见了，当时就制止过拉砖的人。

"好！我觉得贵保同志做得很对。我们都应该向他学习。公家的东西不能随随便便想拿就拿，要有规矩。我们每个人看见了，都应该积极地制止，积极地维护规矩。自己克服私心，也要和别人的自私自利行为作斗争。这是我说的第一个方面，私心问题。

"第二个啊，我感到村里公共事务公开不够，干部联系群众不够。信息不对称，群众不了解实情，有误解。

"我们研究了什么事情，决定了什么事情，要及时公开，要写出来，贴到墙上。贴了，还要贴够一定的时间，不要刚贴上去一会儿就撕了。要真正让大家都知道。对因为有事没有来参加会议的同志，也要打电话或者发短信、发微信通报给人家，让大家都知道，都参与。不要遮遮掩掩，让群众有误解。越是遮遮掩掩、神神秘秘，越是容易产生误解。相当一部分对干部的不信任是因为联系群众不够，群众有误解、信息不对称造成的。

"说到联系群众，不要以为自己祖祖辈辈生活在村里，亲戚朋友很多，就是联系好群众了。依我说啊，那不够。要多跟群众交谈、交心。咱村情况特殊，是得关注一些重点群众的动向。但是不要光是盯住那些意见大、耍厉害、爱找事的群众，特别要注意联系普通群众。

"第三是有些干部把位置、名誉看得过重。赶上今年又是换届选举年，怕惹人，怕丢票，怕有人打击报复。各有各的不容易，这我不想多说。只想说一句，我们是干部，是共产党员，用牺牲党的威信的代价换取一时半会儿表面上的太平，换一顶不怎么能戴稳当的官帽子，不值啊！艰难时刻，更需要担当。别忘了你是谁，你是来干什么的。

"第四个呢，我感到因为方方面面的原因，上级在一些事情上为基层撑腰做主不够。我现在下乡多了，接触多了，感觉乡镇的领导们的确不容易，一天累得走马灯似的，我们看着也心疼。有些时候啊，可能上级对咱们的情况吃得不很透。事实上，每天面对那忙忙碌碌、千头万绪的工作，坐下来把每个村子的情况都吃透也难。这就要求我们主动工作，主动多去跟领导汇报，见缝插针，多沟通，争取让领导了解我们的情况，理解我们的选择，支持我们的工作。

"有同志说，我们也辛辛苦苦、忙忙碌碌呀，我们也春夏秋冬、起早贪黑呀，没有功劳也有苦劳呀！是的。这大家都看在眼里。批评是鞭策，是期望的另一种表达。不是批评了就是全盘否定同志们的工作。但是，没有规矩不成方圆。破坏了规矩，就有破坏规矩的代价。我们邹家寨为此付出的代价够大了。规矩被破坏以后，得拿出些勇气、担当甚至牺牲，才能恢复、才能重建。干部同志们，党员同志们，村民代表同志们，努力啊！"

我的发言完了。会场静悄悄的，没人鼓掌，也没有人说话。同志们在思考。

我知道我的话有些尖锐了，有的真达到了红红脸、出出汗的程度。也许很久以来已经没有人当面说这些批评意味很浓的话了。但是在邹家寨，在眼下这种局面下，温柔的和风细雨解决不了问题。我不想装聋作哑，只想大喝一声，猛击一掌，惊醒梦中人。如果我说得过了，伤害了哪位同志的感情，在帮扶工作期满，退出村子的时候，我会给大家道歉。

我疾风骤雨般的发言触动了黄支书，她也谈了很多，回顾了近些年工作的不容易，提出了眼下要做的一些工作，还表示秋收以后还是要把地收回来。

我表示赞成。但经历了这一次的变故，到时候能不能收回来，心里更没底了。

这些日子来，我对黄支书从很理解到不理解，又从不理解到一半理解、一半不理解。她有她的不容易，但也有她的局限性。

散会已经夜里十一点多了。大家都还没有吃晚饭，一直饿着肚子认认真真地开会。很感谢共产党员和村民代表同志们。有这样一支队伍，邹家寨激浊扬清、重树正气难道会没有希望吗？

在沉沉夜幕中走出村委大院，肩上一下子轻松了许多。

回头细想，心却越来越重了。

2017 年 3 月 31 日 星期五 晴

今天，按照单位党总支安排，联系了树苗，准备明天组织包户的党员干部去邹家寨和村里的党员同志联合过一个党员活动日，在老麻池周边栽下一片绿色。

地，还是那块地。
收地，成了不该是故事的故事。

下篇：驻村帮扶笔记
　　——地，就是这块地！

1

2018 年农历十月二十三，鞭炮声中，老支书黄长义搬进了二儿子二强为他新买的房子。

整整一年，老支书经历了被迫离家、过渡回家，直到最终安家。亲手解决了老人的安置问题，我心上的一块石头也终于落了地。

这块石头落了地，收地的事却在脑海里浮了上来，而且日渐清晰，挥之不去。

2

那七十亩土地，原先是村集体的果园地。几年前的一个夜里，被一部分群众哄抢，直到现在。

抢地成了村里的潘多拉盒子，在之后的几年间演绎出一重又一重的纠葛和矛盾。

抢地，把村里原有的规则撞了个稀里哗啦。由于规则被破坏，矛盾更加层出不穷，上访告状不断。频繁的告状，还催生了一名远近闻名的告状大王——黄守一。

地都被抢占了，村集体手里没有一点机动的余地。想收拾一下田间路，动着了人家的地，村里没有地能补偿给人家，人家不依，路只好任由它残缺着。村里要安装光伏太阳能，捎着了一户的地边，马上有人出来拦住不让施工，虽然那块地也是他家抢来的。

村集体左右掣肘，举步维艰。

3

开始萌生收地的念头是 2017 年春天的事。

那一次听了村干部的反映，既不平，也很惊讶。都什么年代了，集体土地还能哄抢啊？

在村里深入了解时，大家议论纷纷。尤其是村里的党员同志们，反应更强烈。出于义愤，我们和当时的第一书记小晋同志撸胳膊挽袖子想出手管一管，彻底纠正一下抢地的事。但最终因为种种原因而被迫中止，功亏一篑。

抢地是村庄的一颗毒瘤，大家都瞅着别扭，却没有什么好办法。动过收地念头的不只是我们，这之前已经有过三次。第一次是当年的村干部，想收回来再按户平均分下去，没有成功。第二次乡政府来整顿，计划彻底解决一下，无功而返。第三次乡里派来担任支部书记的冯稳忠同志看了深感气愤，想发动大家根治一下，结果时机不成熟，半途而废。耿直的冯书记给没有参与抢地的群众每家发了一袋白面，亮明自己的态度，中止了收地工作。2017 年春天我到村里走访的时候，距冯书记发白面已经过去了五年，许多群众还记挂着冯书记的好，说老人不含糊，爱憎分明。未曾谋面，心里已对他多出几分敬意。

2017 年我们提议收地在村里已经是第四次了。那一次计划胎死腹中，给本就问题重重的邹家寨又蒙上了一层阴影。

难道就这样听之任之？集体的地难道就真的收不回来了吗？

我能感受到群众深深的失望。虽然人们说起来，说不能怪工作队，是别的原因造成的，但话语间流露出的失望和期许让我心里萌生了深深的歉意。抢地在正直善良的群众心目中犹如芒刺在背，骨鲠在喉。这样的事放任不管，我心有不甘。

老支书安家后的第三天，跟去年换届上任的村委主任黄建红聊起收地的事，说想塌下心来带领大家最后再搏一把。他非常赞成。我跃跃欲试。

上次收地夭折，整理了那一段时间的下乡日记，串成了一篇《地，还是那块地！》，记录了失败的无奈、彷徨和不甘。这一次，"如果成功，就再写一篇文章，题目就叫《地，就是这块地！》；如果不成，也写一篇，题目叫《地，仍是那块地！》，就此罢手，就此搁笔。"

我这样想。

4

收？从哪里收起？

地都在谁手里？谁占有多少？在什么位置？谁也说不清楚。

问起地是哪一年被抢的，好多同志也不清楚，只是说已经好多年了。

至于怎么收，收回来怎么办，更是一脸懵懂、一片茫然。

地在一部分占地的群众手里，已经被当成了自家的私有财产。有四户在抢来的地上建了养鸡场。有几户自己不种，把抢来的地租出去收地租。去年旱地西红柿年景不错，有几户还在抢来的地上建了蔬菜大棚，一副长期乃至永久占有的架势。

说到收地，个别占地多的人一脸不屑："看谁敢收？不信让他试试！"

有人知道我的角色已经由开发办驻村工作队队长转换为分管下乡工作的副主任和驻刘张村的工作队员，也松了一口气："他已经不是咱邹家寨工作队的了。"言下之意，收地这个事李为民是管不着了。

2017年收地的搁浅让我们的威信在群众心目中打了折扣。群众对收地信心不足，对我也是既想依靠又靠不住的感觉："哑着个嗓子，文绉绉的，能行吗？"有人悄悄议论。这也难怪，毕竟前面好几拨人收了好几次最终都失败了。

邻村工作队的老侯听说了，专门提醒我们一定考虑周全。前年他们工作队在帮扶村历尽千辛万苦想整顿村里的秩序，结果被搅闹不休，至今难得清净。

同是下乡帮扶人，相逢即有三分亲。对他善意的提醒，我心里充满感激。

去年五月，我们按照市里统一安排加派了工作队员。新增的人员良莠不齐，为了带出一支像样的队伍，我开会整顿了工作纪律，对某些出格的行为进行了严肃批评。受了批评的同志心怀不满，一直在暗地里想着法子找碴。我跟开发办何主任提出开个党组会专门研究一下下乡工作，对实在不愿意也不适合下乡的同志做些调整。何主任不置可否，会议迟迟没有开，调整人员的事也遥遥无期。因为内部不安定，我还意外"躺枪"，莫名其妙背了个处分，团队的士气也受到了影响。这时候如果着手收地，会不会横生枝节？我心有顾虑。

根据单位安排，我分管开发办下乡工作。我们单位帮扶的还是邹家寨、东王庄和刘张三个村。我下了乡时不时会到我们帮扶的三个村都去看看。在邹家寨，人们最不把我当外人，有啥都愿意跟我念叨念叨。尤其一些老人，对我们迎难而上帮助老支书回家的事非常信服。闲谈的时候，时常会有意无意地提起被抢的地，希望我能牵头把地收回来。一位老干部语重心长地说："这次要收，可一定得收成啊！"

5

几个月前，"告状大王"黄守一突发脑出血，后来经过抢救虽然脱离了生命危险，但留下了后遗症，腿脚行动不便，口齿也大不如前。春节前到村里找现任支部书记郑青同志谈起收地的事，郑支书有些信心不足，迟疑着说，自己才刚来村里几个月，了解了解情况再说吧。

郑支书是县直机关的年轻干部，是黄茂义下台后，县里派来挂职担任支部书记的，挂职期两年。能够在这种情况下派来邹家寨任党支书，应该也是方方面面比较优秀的。看他迟疑不决，我心里有些着急，同时也多少能够理解他不想触发矛盾的处境。

可是，百姓那既失望又期待的眼神让我难以释怀。不抓住这个机会把土地的事彻底理顺一下，以后再收就更难了。我操心的不是等一年还是两年，而是眼下、立刻、马上，在春耕之前就得完成。不能耽误了群众春天种地啊！

郑青是支书，是村里的当家人，他不着急，别人有劲也使不出来。我看在眼里，急在心上，真有点皇帝不急太监急的意味。

过完春节在村里再见面，郑支书依然一副慢条斯理、不急不忙的样子。见我又说起收地，虽然没好意思驳我面子直接拒绝，但看得出，他并不真心想收。

这样下去，收地的事怕是又要黄了。我有些郁闷。

从邹家寨回来的路上，顺道开车到东王庄村捎上了马当先和文秀丽。

东王庄是我们单位帮扶的另一个村。在半年前充实工作队时，马当先调整成了驻东王庄村的工作队队长，文秀丽是他们村的工作队员。在车上聊起邹家寨收地的事，我叹了一口气。见状，秀丽劝我说，你的目标是把地收回来，怎样能收成就应该怎么做，不应该把宝都押在郑支书一个人身上。这样一味等，肯定会泡汤的。

一语点醒梦中人。

我豁然开朗。回到家里静下心来把在脑海里盘桓了好多遍的思路、重点、方法、步骤整理了一遍，写成了收地工作方案。

6

方案交给郑支书的第三天，驻邹家寨的第一书记耿平和从村里回来，谈到收地的事，他说起一个情况，高书记可能要调走了。

平和是 2017 年 8 月接替原来的第一书记小晋来到邹家寨的。那次调整中，驻刘张村的第一书记也换成了王州。

高书记是峡口乡党委书记，干净，正派，有担当。交流过几次，思路很正。说起邹家寨收地的事，态度很明确，认识很到位，坚决支持，干脆利落。说实话，单就收地这件事，并不是每一个干部都有他这种认识和担当的。

无论在哪里，一把手调动都是一个敏感话题。高书记要调走的消息，让郑支书的踌躇又添了几分。一打通电话，就听出了他的犹豫："新书记来了不知道会是什么想法，咱们是不是再等一等，等新书记来了看一看再说？"

我觉得不妥。收地不像其他工作，可以随时启动。收地得考虑季节和农时，只能在秋收之后到春播之前这个时间段进行。否则，等地里长满了庄稼再收，会给百姓造成损失，阻力会更大。这个事儿拖不得，眼下已经是雨水了，再过几天就是惊蛰，节令不等人哪！

"与其等待，不如先干起来，等新领导来了，在工作已经铺开了的基础上再往前推进。一等一拖，真的黄花菜都要凉了。"我很着急。

郑支书对我的意见态度不明朗，我决定再去乡里找高书记说说。

长冬无雪，干冷干冷的，老天爷一直憋到过完春节才纷纷扬扬连着下了两场。这过山车般的气温变化让许多人都感冒了。

高书记也正在家里发着高烧。乡镇工作的辛苦我是下乡以后才感受到的。一年下来几乎无节无假，没明没黑。好不容易春节期间工作稍稍松一点，能休息休息了，他又病倒了。这天是正月初十，我踏着厚厚的积雪"嘎吱嘎吱"寻到他家里的时候，他已经高烧四五天了。

高书记对收地的支持一如既往，说等过几天县里开完了三级干部会议，跟乡里几个领导碰一下头就开始干。见我说事情挺急，耽搁下去怕误了春耕时，他想了想说，只要自己身体稍好一点就跟他们商量，商量完了马上回复我。

在病中还来催工作，我有些歉意。高书记很认真地说："不是这样的。你是在帮助我们工作，我们应该感谢你。"这是高书记的一贯态度。我心里暖暖的。

跟他谈了我的收地方案，也谈了我了解的郑支书的种种优点。针对郑青的犹豫不决，我恳请高书记抽空给他打打气，再鼓鼓劲儿。

7

三天后，高书记打来电话，说跟乡里几个领导都通过气了，跟郑青也通了电话，干吧。但是一定要做好群众工作。

我摩拳擦掌，赶紧拨通了郑支书的电话："收地的事，我是想咱们是不是分成四个步骤来做：一是全面摸底，摸清每一家占地情况，绘好图；二是召开各层次座谈会，打通思想，同时在村里做好宣传；三是先支委、村委，再党员，再村民代表，再其他群众，分层次交地；四是对个别有抵触的户个别做工作，专门攻关进行突破。

"在展开工作之前需要成立一个工作组，这样可以名正言顺地开展工作。工作组人选呢，是不是先开个村两委会商议商议，然后再跟乡领导汇报一下，让乡政府发个文件？"

这也是我收地方案里的主要思路。郑支书同意。我想约他一起去村里看看，可他孩子还发着烧，走不开。

雪花飘飘。农村风俗，正月十五以前都算是过年，邹家寨还沉浸在一片悠悠闲闲的祥和中。我和秀丽、小亮冒着大雪来到村里，从会计贵保手上拿回了全村的土地分布航拍地图。工作马上要铺开了，首先得弄清楚被抢的到底是哪几块地、在什么位置、多大面积。这样才能对工作对象有个总体把握。

小亮是驻邹家寨的工作队队员，年轻，利索，正义感很强，2017年接替了小桑同志来下乡的。将要开展的收地工作让小伙子激动得脸红扑扑的。

然而，取回的地图太大，没法复印，用不上。后来秀丽在农经部门的协调下几经辗转联系上了专业的地图公司，再和市新闻摄影办公室用无人机拍的全景照片认真比对，才解决了土地分布地图的问题。这是后话。

8

第一次碰头会议很成功。参加会议的村两委和工作队都赞成收地。

郑支书讲了收地的重要性和自己的想法，表示既然要收，就沉下心来，一鼓作气收成功。

村委主任黄建红、会计黄贵保和在家的支委、村委委员都发了言。在耿平和书记和小亮表态发言之后，驻村工作队队长马彩霞也表示要积极配合村里把地收回来。

马彩霞是半年前派来邹家寨担任工作队队长的，以前在单位工作交集不多。此前我专门约她到办公室征求过她对收地的意见，彩霞表示收地是好事，但工作队只能起个配合作用。如果村里要收，咱们配合好。村里如果不挑头做，咱们也没有办法，看人家村里的态度吧。

前任支书黄茂义谈了前年春天收地失败的过程，肯定了当时工作队的工作，也说了自己当时的顾虑，话语间不乏歉意。"对这一次收地，"她说，"我坚决支持。我家也占了一些地，不管别人交不交，我带头先交出来。我亲戚们有占地的，我也去做他们的工作，让都交出来。集体的地弄成这个样子，也太不像话了，不整治整治真不行了。"

第二天召开的工作队、村两委、共产党员联席会议也很顺利。同志们讨论热烈，坚决拥护集中收回集体土地，并谈了许多具体意见和建议。我真切地感受到，收回集体土地是众望所归。我很受鼓舞，也开诚布公谈了我的想法。

郑支书担心工作量大，人员力量不足，提出能不能从开发办或者其他工作队抽调一些同志来帮忙。我一口答应，会后立即把驻东王庄村工作队的马当先和文秀丽两位同志临时调过来，充实到了收地工作中。

我们起草的《集中收回集体土地倡议书》在会上获得了一致通过。会后，立马在村里张贴，向全村公示，同时在邹家寨村民微信群里公示。

这是我们的第 1 号工作公告。

这个公告明白无误地向大家宣示：今年，2019 年，我们要依法收回被抢占的集体土地了。

9

耿平和书记设计了《收回集体土地民意调查问卷》，我们决定组织一次民意调查，由全体帮扶干部一起完成。

有同志说，有60%以上的村民赞成就可以收。按我平时个别走访农户的判断，赞成率应该远高于这个比例。到底有多少人赞成，多少人反对？有可能激烈反对的到底有几户，都有谁？没有充分的调查，任何判断都有主观臆测的成分。我们计划来一次彻彻底底的摸底调查，找到一个准确的、有说服力的答案。

调查问卷只设了两个问题：一、你赞成不赞成收回集体土地？二、你家有没有占集体的土地？

第一个问题有三个选项：1. 完全赞成；2. 赞成，但有条件，条件是_____；3. 不赞成，理由是_____。

全村124户，其中67户贫困户分别由我们单位的18名帮扶干部对口帮扶，每个干部帮扶3～5户。这些贫困户的民意调查就由帮扶干部完成。其余57户非贫困户则全部由马当先、文秀丽两位同志负责。我们开会讲解了全覆盖、无死角摸底调查的意义和要求，进行了简单的工作动员，大家分头入户开展工作。

有同志提出"告状大王"黄守一在家里病着，是不是就不要去调查他了，反正调不调查都知道他不赞成，去了也是惹一肚子气。

"不行！"我坚决地否定了这种说法，"必须走到，一家也不能漏。即使他反对，态度很不好，也必须让人家有表达反对意见的机会，完了在问卷上签字。对全家外出都没在村里的户，也必须打通电话，问清对方的态度，根据对方的意愿替他填好问卷。"

收地，守一是个工作重点。多少年来，因为告状，他在十里八乡赫赫有名。现在有病困在了家里，似有虎落平阳之感。有干部担心他带病来搅闹，怕一旦出了意外，没法收拾。我鼓励大家不要怕，"咱们把工作做细，事事有根有据，就不怕搅闹、告状。就算是真的找上门来了，咱们依法依规办事，什么也不用怕，该咋办咋办，没什么大不了的。"

见我这样说，马彩霞队长自告奋勇去黄守一家调查了。不大一会儿返回来了，说："不行，不签字。人家还是要跟你说说呢！"

我去见守一的时候，他正仄楞着身子躺在床上，手背上盖着一条毛巾。我摸了摸他的手，是凉的。

问候了他的病情后，我开门见山，"今年这地是真要收了，还希望你能配合。"

他一听就有些急，挣扎着想坐起来，"这地可不能收啊！"

我按住了他，"咋不能收呢？"

身体的原因，他说话已经不利落了，有些磕磕绊绊。说到有些人的时候，寻思好久话在嘴边却想不起名字来。思想和口齿像两根不一样长的筷子，老是纠纠结结的，不配套。

我看着他，想起前年春天深夜里那次长谈，想起那时他的精神状态的亢奋，不禁感慨岁月如刀，人生无常。

尽管费劲，他还是结结巴巴表达了他的意见：

地不能收，坚决不能收！

如果要收，就得把河坡那些地一起给收回来。

如果要收，就得说清那些地是一队二队的地，三队的人凭什么也去抢？

如果要收，茂义家盖小铺子占了公家的地方，先得拆喽。

如果要收，你们让老百姓怎么活？

如果要收……

耐着性子听他说完，我说："老黄啊，你的意思我听懂了。你说完了吧？我说说吧？"

"老黄啊，咱们也认识好几年了。尽管观点不同，但也算是老熟人、老朋友了。

"这一次，地是非收回来不可。我们的目标，就是收回集体的土地。群众有要求，中央有政策，我们也有任务。这件事非办不可，没有商量的余地。你刚才说的这些事，我都记下了，回头了解了解再回复你。我是说啊，你年纪大了，身体又不好，就不要跟着那些年轻人一起冲动了。中午我和耿书记跟你们家有志谈过了，他很激动，口气很硬，冷静不下来。他年轻，做事没分寸。你和嫂子也多劝劝他，不要一冲动做出不理智的事来。这一次中央说的扫黑除恶可不是喊喊口号就完了。你有文化，你明白。政府发的宣传资料里，黑恶势力的二十条表现，有两条跟抢地有关，这一次可不是说着玩的。你以前给有些年轻人出主意多，我见他们现在也愿意来找你讨主意。你多提醒提醒他们，不要认不清形势，顶着风上。你自己更不能听人唆使，被人家利用了。

"有志也是，有啥意见好好说，不能太冲动。犯事很容易，一次冲动就可以了。但一旦触犯了国家法律，那就不是咱们能够控制的事了。所以，不管有什么意见，不要太冲动，不要违了法。"

他还想说，我拦住了他的话头，"人生少有百年身。好好休息，好好养病。有啥，等养好了身体再说。"说完，走出了他的门。

贫困户和非贫困户里都有占地的。等马当先和文秀丽把57户非贫困户全部调查完，时间已经不早了。大家坐下来开会，梳理调查中遇到的问题。

意见不少，反对的声音也不少，有的态度还很强硬。

面对群众提出的问题，好多同志心里敲着小鼓：这地，能收得成吗？

对这些问题，我心里有预期。在收地问题上，群众的态度大体是三种。一是坚决要求收回的。这里面包括所有没有参与抢地的群众，也包括一部分虽然当初也抢了一些地，但知道抢地不对，愿意支持村里把地收回来的群众。粗粗走访了一下，村里的党员几乎全部属于坚决支持的这一类。二是模棱两可的。自己也占了一部分地，但能够认识到抢地不对。地是集体的，收回去也应该，同意。不收回去，自己种着有点收益，也挺好。第三类是坚决反对的。这部分群众占地最多，地的质量也好，长期以来已经成了自己家庭收入的一部分。要收地，切身利益受损失，所以坚决不同意。

从人数上看，第一类群众是大多数，第二类在占地的这一部分群众里也属于多数，第三类应该很少。平时跟群众闲聊起来，大家说到有可能反对的也就是可丁可卯的那几户。

对群众提出的担忧，也得实事求是地分析。有的也有一些道理。长期以来，村里是有这样那样的问题，如不公开、不透明、不公平，疏远了干群关系，在群众心里留下了阴影。土地收回来以后，到底怎么处理，这也是我们的一个担忧。马当先提醒过我好几次，如果有了收益，一定得全部用在老百姓身上，那可是老百姓自己的钱哪！

从大家反馈的情况看，有一些问题是斗气的问题，反映了一部分群众不想交地的情绪和态度。有的问题根本上就不是什么问题，就是为了阻止收地而提出来的。

这也能理解。毕竟占了这么多年了，年年有收益，一转眼要被收走了，心里有失落、有怨气，也在所难免。只能慢慢做疏导工作了。

大家汇报了情况，开始汇总调查结果。全村 124 户，有 2 户全家外出打工，电话也联系不上，实际调查到的 122 户。

这 122 户中，完全赞成的 101 户，有条件赞成的 13 户，不赞成的 8 户。

122 户中，占有集体土地的群众有 53 户。这 53 户中，完全赞成收地的 33 户，有条件赞成的 13 户，不赞成的只有 7 户。

"全村 122 户里不赞成的 8 户，占地的 53 户里不赞成的 7 户，这是咋回事啊？"我有些纳闷。

帮扶干部小魏汇报："这其中有一个老头儿，自己家没有占地，就是坚决不赞成收地。"

这又是何必呢？大家都有些纳闷。

会计贵保在一旁道："他自己是没有抢地，可他两个儿子都抢着不少地呢！"

我们恍然大悟。

第 2 号公告《关于民意调查结果的公告》，贴出去！

立刻！

马上！

后来知道，调查结果公示后，被群众在不同的场合反复引用，有效驳斥了少部分人拒绝交地、"要坚决捍卫群众利益""要为全村老百姓利益斗争"的言论，成了群众和错误行为作斗争的有力武器。

10

高书记对民意调查结果也很满意。

郑支书和耿书记汇报完工作，我专门提出来得成立个收地工作组，我来当组长，给我一个正式名分，不然接下来工作会很费力。目前干部和党员同志们还能理解，知道我是来办好事的。但收地这个事肯定有矛盾，如果没有个正式名分，一旦反对的人跳出来说我不是邹家寨的人，不想让我在这里参与，就被动了。

高书记很支持，说，行，成立个工作组，乡政府发个文件也行。

我心里很畅快。接下来，就等着郑支书尽快办理发文，成立收地工作组，然后好甩开膀子干工作了。

11

3月1日，工作队全体、村两委和马当先、文秀丽一道，拿着航拍地图到五个山凹勘察了占地情况。为了亮明政府支持收地的态度，郑支书通过乡领导和派出所协调，派来两名干警参与了勘察过程。

三年来，这是第一次踏上这几凹关注多多又争议多多的土地。正是乍暖还寒时候，风扫过脸颊如同带着刺儿。沿着沟沟梁梁走了一天，走得腰酸背痛。同志们也都累得不轻。但一天辛苦下来，总算对被抢的地块有了个大概的认识，把谁家占了地、占了多少也摸了个八九不离十，还是挺有成就感的。

大大小小的地块多了，村干部对哪一块地谁占着有的也说不清楚。打村民电话问起，有的村民态度很不友好，骂骂咧咧就挂断了。看到高处有一家养鸡户，女主人在家门口站着，会计高声问了一句，人家没好气地更加高声怼了回来。事情没问清，反而惹了一肚子气。看得出，有些群众对立情绪还挺大。

12

上次给高书记汇报后，想让村里、乡里出面成立个收地工作组，然后名正言顺地开展工作，高书记也完全同意。然而五天过去了，毫无动静。

跟郑支书通了两回电话，也没有听他说起这个事。

马上就惊蛰了，冻土消融，大地回春，就该准备春耕了。

我有些坐不住了，星期六叫上妻子一道去县城找到去年卸任的支书黄茂义谈了一下午。星期天又来到邹家寨，走访所有的在职村干部和曾经担任过支书和主任的老干部。艄公要想行好船，得熟悉水性，哪里有暗礁，哪里水路宽，得心中有数。而要想做到心中有数，只能调研、调研、再调研，把功课做足，没有捷径。

这几天跟郑支书通电话时，谈到具体怎么收，他说跟会计贵保商量过了，倾向于今年先不实际收回来，谁抢的地让他跟大队签个合同，交点地租，今年还继续种一年，明年再正式收回来。还说其他几个村干部也是这个意见。

我坚决不同意。

这样表面上可以缓和一下眼下的矛盾，但根据我的了解，如果那样，群众意见会更大，长远来看，无异于剜肉补疮。今年要办，下个决心也就利利索索办了。等到明年，别的工作一耽搁，明年就收不成了。明年收不成，百姓也就彻底死了心了，以后就更没人轻易再提收地的事了。

我的意见他听不进去，在电话里我俩谁也说服不了谁。

我的意思，除了村里绝大多数群众愿意让收地以外，还有五个方面的有利条件。一是郑支书新来不久，没有本村干部那些盘根错节的关系牵扯。二是工作队在村里是客观公正的立场，反对收地的群众挑不出什么毛病来。三是扫黑除恶正是国家整顿社会秩序的重点，结合扫黑除恶的大形势收地是个有利时机。第四个呢，乡里高书记思路清晰，大力支持。最后，乡村振兴战略正在铺开，这其中规范乡村管理秩序也是重要内容。有这五个方面的优势，收地应该是天赐良机。万事俱备，就该一鼓作气，实在不愿意再拖下去了。

还有一点不愿意说出来的个人原因。我下乡扶贫马上就满三年了。三年来，顶着压力领着同志们做了一些实事。今年我决计要退出扶贫工作了。在退出之前，想把抢地的事彻底解决了，还老百姓一个公平。凡事追求完美，不想留下尾巴，这是我的精神洁癖在工作上的反映吧。

星期天走访村干部就是想了解一下郑支书和贵保说的"地暂时不收回来，让占地的人交点钱再种一年"是不是可行，听听大家的意见。

"那不行！"一位老干部一听就直摇头，"要这样，就不如不收。"他的担心跟我一样，一拖下去，很可能就拖得没影儿了。"已经提过四遍了，再拖一年，老百姓还敢相信咱吗？"

另一个干部态度更坚决："要收，就不要含含糊糊，必须一刀切！要想解决邹家寨的问题，非得快刀斩乱麻不可！

"你想种，他也想种。抢到地的交点钱想种，没抢到地的说，我也愿意交点钱种。抢到好地的愿意交钱种，没抢到好地的说我也愿意交点钱去种那块好地，怎么办？"

村委主任黄建红也摇着头说："如果交点钱就可以，那人家还要说大队想收地是假，想借这个由头收几个钱自己花花才是真的呢！"

大家的想法和我不谋而合。收地，绝不是为了几个钱，更主要是为了主持公道，维护公平正义。规矩面前，人人平等。如果占地的人交一点钱就可以继续种，客观上就等于承认了他们占地的合法性，这对没有抢地的群众本身就是极大的不公平。101 户群众无条件支持我们，13 户群众有条件支持我们，大家所期待的是邹家寨在这个问题上的彻底风清气正，绝不是交一点点租地钱的事。

谈到大家关心的地收回来怎么办的问题，在走访中渐渐形成了按照地形分布分五个凹整凹承包出去的想法。

在走访到的在职的和已经卸任的村干部中，只有会计黄贵保很坚决地反对一次性收回来。他担忧很多。

"一次性都收回来，人家不同意怎么办？"

"有几户已经往地里拉上粪了，你怎么办？"

"人家盖了养鸡场那几户，就顶住不交，你能怎么办？"

"要收人家的地，人家说你党员干部也不清不楚，也有这样那样的问题，你怎么给人家解释？"

"要收五个凹的林业地，河坡地收不收？其他的地怎么办？"

"整凹出租？谁敢去租啊？要都租不出去，土地荒在那儿了，怎么办？"

贵保的态度大大出乎我的意料。

前年仵提出收地的主张时，他非常支持，表示如果能把地收回来，是给邹家寨办了一件天大的好事。在我的印象里，他工作认真，责任心强，也比较直率。他当时的态度让我很受鼓舞。过了些日子，收地的风声在村里传开了，我们也已经着手跟茂义支书商议具体措施了，他又突然来了个急刹车，找到我说，你们工作队就考虑考虑怎么给村里上个产业项目吧，收地的事就别管了。我大惑不解。后来，地没收成，草草收了兵，我也就没再多往下想。

说起来，这一次再度启动收地，跟他也很有些关系。去年，国家开始集中力量扫黑除恶，清除黑恶势力。贵保主动跟我说，收地的好机会来了。他对政策的敏锐嗅觉让我从心里佩服。就是从那一刻起，我坚定了借扫黑除恶的东风收回集体土地的决心。后来，会议开了几次，他态度也挺积极的。可一遇到具体问题，又是这种一副两手一摊，问题一端，这也不行那也不行的架势。照这种架势，收地只能知难而退，图个嘴快活。

这种巨大的反转，让我哭笑不得。我据理力争，但没有办法说服他，反而争得挺不愉快。

他有一个说法让我挺不高兴，他说："有人反映老支书的承包地本子上的地亩数和实际数不符，你怎么给人家答复？"

这个问题上次工作队和村两委开碰头会时马彩霞提出来过，印象里是三十多年前的陈年老账了。当时会上好像说过，去土地部门了解了解再说。隐约感到是有人在故意翻出来想把水搅浑，让地收不下去。而且，那个"有人"就在强烈反对收地的人中间。

我有些不悦："那个事不是在会上说过了吗？该反映反映，咱们随后落实。这一次目标是收回五个凹的林业地，不要因为其他枝节问题干扰了主题，一乱搅和，就啥也干不成了。"

"那人家一直反映，怎么办？"贵保继续逼问。

"该反映反映，该收地收地！反映了咱们去落实，但不要因此就停下收地。工作得分主次。这一次主要是解决林业地的事，其他的下来再说。任何事不能干扰这个主题！"我没好气地说。

"都是地的事，为啥就不给人家一起解决？"贵保也不示弱，一边大声说着，一边拉开办公桌抽屉取出了老支书家的土地承包证甩在桌子上。各家各户的土地承包证是村里的档案资料，是不会随时放在手边的。看来他今天是做了功课，有备而来的。

见我俩针尖对麦芒互不相让，建红主任夹在中间挺为难。

土地承包证我头一回见，其中有什么问题一时也看不出来，但现在不是解决这个问题的时候。几十年过去了，类似的问题很多，陷在这些陈年老账里，问题层出不穷，就解决不完。如果把解决这些问题当成这次收地的前置条件的话，收地的事估计得泡汤。

见我坚持，贵保右手食指和中指夹着烟卷，脑袋往左上方一扬，"反正咱邹家寨现在有核心了，核心就是村两委，就是郑支书。咱们都得听郑支书的。郑支书说咋办，咱就咋办。"

弦外之音：这儿是郑支书说了算，你说的那些都不顶用。

的确我眼下的位置比较尴尬。可说可不说，可听可不听，只是个参谋和顾问。这样下去，根本弄不成。

我无语，尴尬地笑了笑，再给贵保和建红发了支烟，告辞。

13

第二天到了村里，和郑支书做了一次长谈。

郑支书是县里的年轻干部。来村里之前，先后在乡镇、县纪检委、县巡察办都干过，在县里的大型民营企业也打过工，以他这个年龄，工作经历是比较丰富的。下到村里来工作，对稳定村里的局面，也起了很大的作用。但是，感到他还是走不出村委的大门，走不到群众中间去。来了往村委办公室一待，群众有事来找一找，没事就坐着。

"村里工作，跟机关工作不一样，得能走出办公室，走到群众中。"我们的谈话就从走近群众开始。"在村委坐好阵，领导好村两委很重要，你也做得很好。但光有这还不够，还得从这个院子突围出去，不能被包围在干部中。做群众工作，不是谁找来听谁的，得主动去找群众，尤其是去听听那些不主动往前凑的人们的意见。"

郑支书点头同意。

我们从做群众工作谈到收地的困难，从守一的病情谈到年轻人的培养，"官不在大小，在做事。你一心做事了，老百姓虽然嘴上不说，但不会看不见。你年轻，有前途。通过多做事让大家认可你，通过做事来实现自己的价值，这样有好处，自己心里也踏实。"这是我的心里话。在我心目中，郑支书是个好苗子，所以，话不免多了一些。

最后，我再一次正式提出必须成立一个工作组，而且由我来当组长，"一方面，你是支书，还得在村里工作两年，不方便把关系弄得太紧张。我不是村里人，年龄也大了，我不怕矛盾。我唱黑脸，你唱红脸，一旦有风险，只管往我身上推，我担着。另一方面呢，因为我不是村里人，也不是邹家寨工作队的人，如果没个名分，很容易受人挤对。现在已经有这方面的苗头了。所以这个组长必须得我来当。如果只是个参谋，说了话没人听，我没办法坚持下去。"

"说到核心，"我想起了昨天会计贵保的话，"村里的事毫无疑问以你为核心，建红主任辅助你开展工作。但是在收地这件事上，我仔细想过了，得以我为主，你配合我。"为了打消他的顾虑，我继续说，"我只管收地，一收完地，交到你们手上，我一天不留，你和建红他们好好把地管好。收地，我负责；管地，你负责。好不好？"

　　见我言辞恳切，郑支书说第二天再去乡里找领导汇报汇报，让乡里给出一个成立工作组的文件。

　　集体的地是一块大蛋糕，被侵占、享用多年，一部分群众已经从心里当成了自己的既得利益，看作是自己篮子里的菜。要收地，必然触动部分人的既得利益，必然会有人不满意。

　　可是，收地没有退路，不容退让，必须马上成立工作组。而且，这个组长必须由我来当！

14

又是两天过去了，毫无进展。

问耿书记和小亮，也说没见有啥动静。

我有些着急。再一次给郑支书发微信亮明了我的态度。

> 　　郑支书，这样下去，收地的事十有八九要拖黄。这样对各方面都不利。不能等，得有措施。
>
> 　　收地工作组必须尽快成立，我来当组长。不能明确我在这件事情上的身份，会有人找事。持不同意见的群众中有，不排除咱们干部内部也有人会有抵触。所以名堂必须弄对。
>
> 　　工作组人员怎么确定，成立工作组文件怎么发，想听听你的意见。

郑支书也回话表示挺着急，说去了乡里两趟，没有办成事，想下午再去找找看。

让乡里出个文件，成立个工作组，是我们共同商量的意见。主要还是想以党委政府的名义宣布一下，增加些权威性，让群众感觉到是政府要收地，不是村里自己在瞎弄。这样做的初衷，是想减少些工作阻力。

又等了一天，还是没有进展。

已经是惊蛰后的第二天了，勤快的人家已经在准备往地里上粪了。

这天我有个会，去不了村里，早晨又给郑支书发了微信。

郑支书，今天我有点事，去不了村里。有三个问题，跟你交换一下意见。

一是工作组需要赶紧成立。如果没有一个明确的说法，我只以热心帮忙者或者参谋的身份出现，往下面工作不好做。

在村里工作上，你是核心，毫不动摇。在收地这件具体工作上，我来负责，这样更有利于工作。这点要明确。如果乡里发文件有困难，建议村里起草个成立工作组的请示，让高书记批示一下，然后在村里公告也行。这应该尽快，最好在今天完成。

二是经过调查摸底，我认为地收回来以后，以凹为单位整凹往外承包的方案比较可行。如有必要，可以留出一个凹作为村里机动地，先把其余四个凹承包出去。地不收回来，抢地户只履行一个租用合同手续，让抢了地的人交了租继续种的方案不妥。那样解决不彻底，更会矛盾重重。

三是村干部在村里生活，更接近群众，群众工作经验也比咱们丰富，咱们需要尊重他们、依靠他们。但咱们应该全面一些，听听各个方面的意见，从中研究、摸索更可行、伤害更小的方案，而不能只听取部分干部的意见。兼听则明。在收地这件事情上，各种各样意见都会有，其中很多是根本对立和矛盾的，如果只听取了一方面的意见，很可能产生误解，影响工作。

这是我眼下最担心的三件事。

根据前面的了解，地收回来再整凹承包出去是大多数人的愿望。想交点钱再继续种下去的是抢地多的和抢到好地的少数户的主张。这样做肯定不合理。

但是这些户比较有势力，也很活跃，他们的意见容易影响干部。而郑支书不擅于走到群众中，听不到群众真正的声音，多少有些像群众说的，思想被少部分人"绑架"了。这样下去，站在少数户一方，收地的事更会矛盾重重，甚至面临失败的危险。对这一点，我心里很清楚，但是不方便说得太直白。话说得太直白了很可能不解决问题，反而造成误会，造成团队的分裂。

我委婉地说了自己的意见，郑支书对全部收回来再整凹包出去仍然有顾虑，怕少数户暗地煽风点火，说集体不让人种地了。

他的担心也有一定道理。但我的出发点是，必须站在多数人的立场上考虑问题。

> 愿意收回来重新承包的是 101 户加上 13 户，一共 114 户，是绝大多数。不愿意让收回来的只有 8 户，人数很少。大体是这个数字。即使有出入，出入也不大。那 8 户煽风点火有他们的利益考虑，而且这股风只能煽在他们几户中间，再扩大也扩大不了几户。不能为了照顾这少数人，凉了大多数群众的心啊！

"如果要收地，几个大户就是硬顶着不交，你能怎么办？"郑支书很担心。

> 如果现在就不让种了，我觉得咱们阻力会很大。现在咱们的主要矛盾是咱们要收，而人家不给交的问题。

对他说的情况，我也有担心，也在考虑对策。在考虑成熟之前，不愿意提前多说。这个对策是我们的底牌。如果提前亮了底牌，会很被动。

> 你的考虑也有道理。对硬顶着不交的，的确得有个具体措施。
>
> 现在全村人都在看着这个事，咱们的态度和处理方法都在台子上晒着。得慎重。
>
> 如果迁就了耍厉害的少数人，就失去了大多数人的支持。
>
> 少数人出头多，折腾劲大，但也只代表了他们几个自己的利益。
>
> 其实收回来再承包出去，不是不让人种地。最后结果也是由承包的人种着，但是大家都有公平竞争的机会，不偏不倚，没有矛盾。

郑支书还是坚持想让那些户交点钱继续种着。

> 让他们交点钱继续种不是迁就，租地钱一交回来地名义上就已经姓公了。以前都是无偿种，能够交了租金就已经是性质上的变化了。
>
> 在农村，大部分时间快刀是斩不断乱麻的。

意见一时无法统一，我只好先缓和缓和，劝他。

> 这是两码事。
>
> 这样吧，这两天咱们再塌下心来到群众中摸摸情况，回头咱们再商量。
>
> 多听一听，听听正反两方面的意见，会有启发的。
>
> 多走走，多听听各方面的想法，对工作有好处。
>
> 尤其是以你的身份，走到群众中就会听到许多不同的声音。大家的想法也愿意跟你说说。

村南面的河池有几小块地，也是集体的，也被几户群众占了，而且历史更久远。走访中曾经听人们说起过。了解了一下，河池地跟那七十亩果园地不是一回事，早在二三十年以前就因为不知道什么原因被几户村民种了。现在如果要一并理清收回来，只怕胡子眉毛搅和在一起，哪个也解决不好。而时间上一耽搁，误了农事，就哪个都收不成了。河池的地是另一件事，并不影响林业地的收回。收完了林业地，形成个集体土地管理的章程，理顺那几小块地是顺理成章的事。因为有这个想法，在召开工作队和村两委碰头会的时候，我们确定了这次收地的范围就是七十亩林业地，河池地先放一放的策略。

抢地多不愿意交地的几个大户，找了许多这样那样的理由。河池地一直是他们不交地的理由之一。河池地像一块挡箭牌被他们高高举在手上，说河池地不收，凭什么收我们的地？

这种显而易见想把水搅浑的提法，却轻而易举地演变成了部分村干部和工作队个别同志的观点。提出这样的问题，并不是真想让把河池地给收回来，关键在后半句：河池地不收，也别想收我们的地！

这种观点马彩霞说过，黄会计提过，今天郑支书搅和在里面也很赞成。

对此，我坚决不同意。

见我不赞成他的观点，郑支书说想先把这些情况跟书记乡长汇报一下，听听乡领导的意见。

我同意了。

放下手机转念又一想，有些不妥，马上又发过去微信。

> 郑支书，我考虑了一下，河池地一并收回和林业地谁抢的交点钱还归谁种这两件事先缓一缓再给乡里汇报。
>
> 这两件事决定了下一步工作的方向，咱们得充分调查和研究一下，理出一个思路，然后再正式向乡里汇报。
>
> 尤其上面的第二个事我总觉得不妥，跟我了解的情况很不一致，这样做更容易引起群众对收地工作的失望和不满。咱们再分头摸一摸情况，然后坐下来认真研究一下。

　　多请示多汇报是很有效的工作方法，但不是万能的。以我的理解，领导是用来指引方向、确定路线的，是解决大事的。下属解决不了的问题，才是领导应该关注的重点，而不应该事必躬亲，面面俱到。作下属的，也不应该一有矛盾交给领导，听领导定夺。那样看似尊重领导，其实是一种甩锅。

　　所以，我建议先不要把矛盾端给乡领导。一句话，收地是目标，任何影响目标实现的因素都要想办法排除。

15

这天，郑支书从乡里回来，说跟乡领导汇报了成立工作组的事。高书记不在，李乡长表示，乡里出文件不合适。建议让开发办先出一个书面材料，说明白李为民是代表开发办来收地的，然后乡里商量一下再说。

我一听就有些窝火。

这明摆着是在推嘛！

我在单位分管下乡工作不假，但收地不是开发办的工作业务，是工作队在下乡过程中遇到了这个实际问题，想帮助村里办一办。而工作队是市委派出的做脱贫攻坚专项工作的队伍，工作队的业务也是按照市委的安排开展的。根据市委文件精神，维护和谐稳定、提升乡村治理水平都是我们职责范围内的事。下了乡，遇上抢地这个事了，推不走，绕不开，我们就主动担当，按照市委精神帮助群众理顺一下。收地又不是开发办的工作，如果让单位出个意见，单位会出个书面材料说是单位派我们来收地的吗？况且，单位也没有这个职能啊？如果单位不出这个材料，难道再去请示扶贫办、请示市委？

我心凉了，气愤地离开了村子。

16

这些日子以来，收地已经不仅仅是邹家寨一个村的事了，已经成了开发办工作队大部分同志共同的心事。

收地，是我们下乡以来遇到的第一大事、第一难事，同志们都很上心。

文秀丽来办公室找我签字，关切地问起收地的事，我没好气地说："还收地呢？这么多天了，连个工作组都成立不起来！"

说着，我有些灰心，"成立个工作组，我想也就是一天，最多两天的事。结果一拖再拖，到现在还在原地打转转。这事怕是要黄呀！"

秀丽是个认真的人，见我一脸沮丧，就问："工作组该由谁来成立呀？"

我有一搭没一搭地跟她讲了讲前面的过程。她说道："你的目的是把收地这件事办成。既然靠他们一直成立不起来这个工作组，你为什么不自己拟个稿，让郑支书他们通过一下就先成立起来呢？毕竟是你在主持这个事。"怕我一时转不过弯来，她又道，"让上级发个正式文件固然好，可村里自己出一个也行。这本来就是村里的事，村里发文成立工作组也说得过去。等不来就别等了，为什么非要死等他们呢？"

对啊！与其这样漫无边际地等下去，何不自己动手，以村两委的名义先把班子搭起来呢？我的目标就是完成收地，又何必羞羞答答地不好意思给自己封这么个组长当呢？大行不顾细谨，大礼不辞小让嘛。

我很感激她。工作中正是因为有她和马当先、小亮、小晋书记、耿书记等这些好同志的倾心帮助，才办成了一件又一件事情。

我猛拍了一下脑门，开始以村党支部、村委会的名义起草第3号收地公告《关于成立集中收回集体土地工作组的通知》。

把工作组人员名单、文件格式等与郑支书充分沟通后，打印、盖章、张贴、群发，一气呵成。

收地工作组就这样成立了。

为了成立这个工作组，我们整整等了九天。宝贵的九天哪！

春耕在即，前方充满了不确定性，还会遇到什么样的困难，我们无从判断。因为如此，我们只能尽力往前赶，把时间腾出来，以备不时之需。

17

要正式收地，需要先发个公告，把总体工作构想告诉大家。《倡议书》是态度，是号召，而《公告》是措施，是办法。发公告，必须有一个集中统一的说法，说清怎么收、收回来怎么办，给老百姓吃颗定心丸。

工作组内部分歧的焦点依然是，让抢地的户交点租金再种一年，还是统一收回来再整凹出租承包。

走访了所有的老干部，几乎众口一词不同意再拖一年，在整凹出租上意见也很一致。随机问询了几个群众，也大多是这个意见。我心里有了底，但仍然说服不了工作组里的几个同志。

在这一点上会计贵保态度很坚决，坚持不能一次性收回来，得过渡一两年。理由是怕一下子收回来，抢地多的户有意见。

郑支书的意见基本上就是贵保观点的翻版："如果要收，人家硬顶住不交你能怎么办？"说到最后就是一句话：反正我得最大限度地保护老百姓的利益。

我一再解释，收地正是为了最大限度地保护老百姓的利益。一百多户都赞成收地，不收地才是真正损害了公平正义，才是损害了老百姓的利益。

群众利益的这种说法在之前是含混的、模糊的。自从我们对全村所有户全覆盖调研完了以后，已经再清晰不过，不愿意让收地的就是可数的那几户。不让痛痛快快收地，保护的根本不是一百多户老百姓的利益，而是那几个抢地大户的利益。可我无法说服他们。

郑支书敬业、认真，但有些摇摆不定。起初对收地迟迟疑疑，一再拖延，等定下方向以后，还是积极努力去推进的。在他心里，安安稳稳、不闹事是大原则。为了这个安安稳稳，宁肯对少部分人有所妥协。黄守一虽然已经病倒在了床上，但告状告了几十年，余威仍在。我们开会的时候也有人顾虑道："如果有人把黄守一抬到大队来，怎么办？""如果守一来了，一激动，死过去了，怎么办？"有一天郑支书还梦见村里正在开会的时候守一拄着拐棍闯进来了。守一的执拗让县乡村几级干部挠头挠了几十年，已经成了许多干部的心结。要收地，守一是个绕不开的话题，稳定是个绕不开的话题。因为这些，郑支书底气不足，顾虑重重。

　　支书、主任、会计这三大主干是村里的核心。现在，支书和会计俩人都是这个态度，村委主任黄建红和其他两位村干部虽然心里不很赞成他们的主张，但为了维护班子团结，也不好多说什么。

　　收地是一次利益的再分配，既得利益的一方一定不赞同，而且会以各种方式反对，这就必然会产生矛盾。为了缓和矛盾，避免形成新一轮的告状风潮，给我们再找新的麻烦，第一书记耿平和同志也倾向于让那几户交点钱再种上一两年。马彩霞队长呢，这些天来跟几个反对收地的养殖专业户打得火热，也不赞成把地一次性收回来。

　　工作组有十一名成员，有两个人在外地有事回不来，在家的九个人里，四个人不赞成一次性收回来，三个人不方便明确表态，态度明朗、坚决要收的只有我和另一位同志两个人。

　　事后想起，整个收地过程中，有反对意见的群众真正面对面提出来，当面锣、对面鼓地对立的时候不多，更多的时候是在和工作组内部的不同意见在沟通、在辩论，甚至很激烈地争论。

　　让人交点钱再种一两年，相当于做了一锅夹生饭，肯定行不通。统一收回无疑是对的，可在工作组里又形不成统一意见。踟蹰再三，我提议召开工作组与全体党员联席会议讨论，会议由我来主持。

18

事关下一步工作的方向，我对这次会议很重视。希望能参加会议的同志都参加，都发表一下自己的真实意见。

跟建红主任谈过两次，感觉他话不多，声调也不高，但心里敞亮，有见地。担心他在会上发言有顾虑，专门打电话给他，鼓励他在会上要畅所欲言，把自己心里的话说出来。黄东华原来担任过支部书记，后来受处分下了台，是个争议比较大的人物，集体的地就是在他手里被抢的。之前跟他聊过，感觉他在收地这件事上，思路很明确，态度也很坚决。因为种种原因，以前开会，他有时候在，有时候不参加。这一次，我专门跟他通了电话，叮嘱他一定参加，把真实意见带到会上来。

黄茂义没有来参加会议，我有些失望。

从2016年下乡时起，她就是村里的支书。茂义对村里的情况很了解，前期的许多工作环节都很好地提醒了我。前年因为她的临阵退缩，收地没有收成，我对她有些意见，她也始终心怀歉意，跟我解释了好几次。这次收地，她态度很坚决。一再说，自己不当支书了，但需要出什么力，就出什么力，首先要动员自己的亲戚把地交回来。在今天这个会议上，非常希望她把自己的意见当着全体党员的面说出来，这对我工作是一个有力支持。

电话里，茂义听出了我的失望，接着说，开会虽然不去了，但把自己对再种一年还是统一收回的意见全部都告诉郑支书了，委托郑支书原原本本带到会上。

放下电话没几分钟，收到了她的微信。

李主任、郑支书，你们好！

今天的会我就不参加了。关于收回集体地一事，对几个实施方案，我发表我个人的观点。

从我个人利益考虑，那肯定是谁占的地谁出钱再种合适。可这样做，那一百多户支持收地的群众怎么交代？虽然收回地来大家都可以参加分红，可占了地的人家谁又愿意分红？按去年的行情，半亩地就收入五千元，分红才能分多少？况且分红还不见得能走得长远。

第二，从集体的角度考虑，把地一遭收回来，再统一承包出去，既合情，也合理，村集体也能有发展。不管是引进外面的资金来承包也好，还是本村村民承包也好，都可以。我支持这样做。

这是我个人的看法。不管不明事理的人怎样看待我，说我贪污也好，腐败也罢，我不在乎。我是一名共产党员，连任了七年的村干部，我不能只考虑自己的利益，损害村民的利益。对我的处分是通过全体党员会议宣布的。处分宣布后我把违规的具体事实给党员一一说明过，参会的党员也替我说了公道话，所以我觉得值。

不管谁当干部，只要是正确的、公正的，我都支持。

谢谢领导。

茂义是位老党员，虽然受了处分，下了台，但在大是大非上不糊涂。今天的会议郑支书没有正式通知到她，她来不了会场，但观点清清楚楚，一点毛病没有。

今天的会我要求主持，是因为两年多来对村里开会深有体会。

会上，往往是一个人说话，不等说完马上有人插进来反对，然后又有人插进来，又反对，再插进来，再反对，比着嗓门嚷，一声比一声高，结果吵成一团，谁的主张也听不清。有两次，就在这吵吵嚷嚷中散了会。有时候，不管会议议题是什么，想到哪就说到哪，有时候跑题跑得连原先的主题是啥都找不回来了。

还有的时候，虽然绕来绕去最终还是绕回了主题，可时间拉得很长，往往到深更半夜、月明星稀。在有的村子里，村干部为了避免产生争议，开会的时候就刻意不通知有不同意见的人参加，不给反对的人争论的机会。

我主持会，就是想纠正一下这种状况，所以会议一开始就宣布了会议纪律。我要求大家一个一个挨着发表意见，该你说的时候好好说，充分发表意见。别人说的时候不要插话，不要打断别人，不要高声吵嚷。有不同意见，在讨论的阶段说。讨论完了再集体表决。为了避免我和郑支书的意见诱导大家，我特意把建红主任、郑支书和我放在最后发言。

这个办法虽然简单，但效果很好。大家依次表达意见，充分发扬民主。中间一有人大声打断别人，马上就会有人提醒、制止。会议秩序始终很好，质量也高。

对收地的方向，经过一再酝酿讨论，原先不赞成一次性收回的好几个同志都改变了主意。郑支书原来是反对一次性收回的，听了大家前面的发言，也豁然开朗，转变了观念。轮到建红主任表态，简简单单就一句话："我觉得还是一次性收利索好。"

贵保不同意，几次激动地站起来要反对别人的发言，都被大家用我宣布的会议纪律制止了。轮到他发言的时候，他坚持认为集中收回的时机还不成熟，村两委还没有做好准备，不能草率行事。耿书记也表达了对一次性集中收回的担忧。

最后表决，参加会议的15位同志，13位赞成，2人反对，"集中收回，整凹出租"就此形成决议。

会议还讨论了对所有53户占地户进行走访，逐户签订《交还集体土地承诺书》的事。签《承诺书》是想让占地的村民有一个明确表态，签了承诺书，就等于在思想上把占用的集体土地交回来了。对不签《承诺书》的户，也好有针对性地进一步专门开展工作。

会上，有的同志不同意再入户走访签《承诺书》。几年来，三番五次说收地，说得人们心里都疲了，很多人担心又是一次无雨响雷。况且这一次重新提起收地这件事，又是二十多天过去了，目前还没有任何实质性进展，人们难免有些不理解、不信任。对入户走访，近几年由于扶贫工作任务重，头绪多，有时候缺乏统筹安排，难免频繁入户、重复入户、反复入户，群众也多少有些反感。

列席会议的马当先和文秀丽认为还是先签《承诺书》好，见大家大多不赞成，也没好多坚持。他们俩是来帮忙的，不方便说得太多，惹人不痛快。

见马当先他俩赞成签《承诺书》，马彩霞"哗啦哗啦"地晃着手里的《承诺书》，一脸不屑地说："签个这能干啥？这种形式主义的东西有啥用啊？我看根本没必要。"

她对抽调马当先和文秀丽来帮助工作有意见，她是冲着他俩来的，而且一下子提到了形式主义的高度。

我呢，器小易盈，陶醉在确定了"集中收回，整凹出租"工作大方向的兴奋中，在签《承诺书》这件事上也没有硬做坚持。

19

按联席会议商定的意见，我们贴出了第 4 号工作公告。

集中收回村集体土地工作公告第 4 号

收地公告

按照上级党委、政府指示精神，经 3 月 9 日集中收回集体土地工作组与支部党员联席会议研究决定，集中收回集体土地工作自即日起正式进入操作程序。

现将有关事项公告如下：

一、收地范围

里北坡、外北坡、东掌凹、西掌凹、东西掌子凹原集体林业地。

二、收地程序

以上土地经集体丈量、造册、分等，即视为收回。

同时原占有户完善有关手续，作为村委归档的依据。

三、土地收回来以后的用途

土地收回以后，由村委以整凹出租的方式对外出租承包。公开招标，公平竞争。全程阳光作业，不允许任何暗箱操作。村委依法保护承租人的合法权益。

租地款由村委统一管理，用于村里群众关注度大的公共事业和全体村民的福利分红。费用管理透明公开，并及时向群众公示。

四、注意事项

各占地户从即日起不得再往上述地里送肥，不得擅自设立固定设施和添加其他生产资料，由此造成的经济损失和其他后果，责任自负。

对本公告日之前已经送上肥、架起大棚、修建起鸡舍，以及其他占用集体荒地零星开垦种植的，村两委和工作组将专门研究解决，处理办法另行公示。

五、意见反映

工作组在村委门口设立了"集中收回集体土地工作意见箱"，全面听取各方面的意见建议和问题反映。同时确定郑青书记和马彩霞队长负责接待群众的来信来访，欢迎大家对本项工作积极提出意见和建议。

对其他工作也可以积极反映，提出自己的意见和建议，工作组将认真对待，认真研究，认真落实。

六、对工作组的监督

工作组全体成员以及按照工作组安排参与收地工作的人员，必须遵纪守法，廉洁奉公，正确行使权力，维护群众利益。

欢迎广大村民同志们监督。

共产党员、共青团员、村民代表要高度认识、积极带头，起好先锋模范作用。广大村民同志们要积极参与，积极配合，维护村里稳定，维护社会秩序，维护集体权益，维护法律权威，共同把这一件涉及全村每一位百姓利益的事情办好，为全村百姓造福。

如有占用集体土地拒不交还，经说服教育仍认识模糊、态度恶劣的，将依法依规提请有关部门严肃处理。

如有借机打架斗殴、聚众滋事、缠访告状、毁砸公私财物等非法干扰行为的，将协助有关部门依据《中华人民共和国治安管理处罚法》的有关规定和中共中央国务院扫黑除恶的有关精神予以惩戒。构成违法的，追究违法责任；构成犯罪的，依法追究刑事责任。

集中收回集体土地工作组

二〇一九年三月十一日

以《公告》为标志，收地工作正式进入了操作程序。

20

工作需要借势，也需要造势。覆盖全国的扫黑除恶专项斗争就是有利于收地工作的最大的势。

专项斗争开始以来，宣传工作做了不少，各地都狠狠打击了一些黑恶团伙。但在农村，大家都觉得扫黑离我们的生活挺遥远，没有把身边的违法错误行为和国家的政策挂起钩来。在党员会议上，我认真解读了扫黑除恶的精神，告诉大家，在上级归纳的黑恶势力的二十种表现中，有两种和收地工作密切相关。这两种表现，一是"侵占集体资产"，二是"破坏扶贫开发"。参加会议的党员同志们理解了。但这还不够，还需要把声势造出去，我们要借东风。

找到市扫黑办，说了我们收回集体土地的想法，想请他们出一条标语，宣传一下扫黑除恶的形势，扫黑办的同志很痛快地同意了，当场选定了标语内容——"扫黑除恶绝不手软，还百姓公平，保一方平安！"

市公安局领导也很理解我们，说，标语出一条可以，出两条也行，以公安局或公安局扫黑办都行，进行法制教育，推动扫黑除恶，我们支持。经过商量，定下一条："公平公正是国之根本，依法治国，保护人民利益！"

打电话给郑支书，想让他做做县里和乡里的工作，让县扫黑办、县公安局和乡派出所也出些标语，形成宣传上的气势和合力。他有些为难，说跟这些部门都不太熟悉。要不咱们就替他们做上标语吧，反正是做宣传，想他们也不会有啥意见。

我觉得不妥。虽然是替人家宣传，做的也都是应该做的好事，但用人家的名义，必须征得人家的同意。不能让任何人挑出任何毛病来。

这种想法还真不是杞人忧天。多少天后，真有人拿各部门挂的标语说事。据说我们工作组里有人告诉反对收地的人，说那些标语都是工作队自己做来吓唬人的，不是署名的各部门做的。话辗转传到建红主任耳朵里，他当即驳斥："废话！人家不同意，你能拿人家的名义去做标语？你去做一条挂起来试试？"一句话怼得那些人再不吭声了。

把做标语的事跟耿书记说了，他和小亮去找了县公安局，征得了他们的同意，出了一条"有黑扫黑，无黑除恶，为脱贫攻坚保驾护航！"

　　我和马当先找到县扫黑办。一位姓刘的主任很热情地接待了我们，从规范文件里精心挑选了一条标语内容，给了我们 —— "打早打小，露头就打，斩草除根，除恶务尽！"

　　匆匆赶到乡党委高书记的办公室，他与李乡长刚刚和坐在沙发上的一个同志商量完工作。见我们有事要谈，那位同志起身告辞了。高书记对收地工作的支持一如既往，对党委政府出一条标语的事二话没有，当即敲定 —— "依法制止侵吞集体资产的违法行为，建设美丽新农村！"

　　听我们说要去派出所，想跟派出所商量商量，让他们也出一条标语，高书记着急地一拍桌子："哎呀！刚才出去的就是派出所刘所长啊！不知道你们要找他。他今天有事，马上就要出门，你们快去吧，应该还能赶得上。"

　　驱车到派出所见到刘所长，他车已经打着了火，正准备出发。这是一个很认真的同志。他对我们的工作有所了解，几天前还派警员参与了被抢土地勘测工作。他从秀丽手中接过我们初拟的标语内容，认真推敲了一遍，选定了一条"维护公平正义，严打黑恶犯罪，弘扬社会正气！"说，挂出去吧。

　　村党支部和村委会当然要有态度，也做了一条："维护公平正义，壮大集体经济，建设文明新农村！"

　　我们工作队的，那是必须的："铁肩铮铮担道义，谱写致富新篇章！"

　　至此，八个单位的标语全部确定。

　　八条鲜红的横幅标语齐齐整整悬挂在村委院子的铁栅栏上，在春风里猎猎作响，让人见了精神一振。这套标语完整地体现了从市、县、乡、村，到驻村工作队一致而坚定的态度。

　　第二天一进村，一个贫困户迎上来小声对我说："八条标语，有一条就够了，'打早打小，露头就打'，嘿嘿嘿，这一条就把他们降住了。"

　　说完，他开心地笑了，笑得扬眉吐气。

　　是的，他说的不是"吓"，是"降"，降妖除魔的"降"。

　　有这种想法的人在村里远远不止一个两个。因为一条宣传标语，就让群众有了一丝满足感、安全感，就有了信心。我真切地感受到中央政策的英明。

　　宣传造势，形成了一定的规模和气场。

21

按照《收地公告》，这天该丈量土地了。工作组全体、老干部代表将一起对被占用的土地进行丈量、登记、确定等级，土地就算收回。

为了丈量土地，郑支书专门从县里土地部门借来了电子测量仪器。端着仪器绕地一周，地块的面积自动就算出来了，很好用。确定每一块地的等级是为了下一步对外承包时定租金底价，很关键。老干部们经的事多，对定等级有经验，对收地也非常关心，所以请他们参加，共同商量。秀丽早早就准备好了地块分布图，一块地一块地挺清楚。等量完了面积，议定了等级，直接标注在地图上，一目了然。然后再把地块的数据誊录在表格里，做好统计。

计划赶不上变化。到了村里才知道，今天又量不成地了。乡里通知下午要开会，支书、主任、第一书记、工作队队长都得参加。工作组里还有两位同志没在家，而且一两天还回不来。这样，十一名工作组成员就少了一大半。郑支书提议在家的同志先去量，我没答应。这是一次集体行动，既是丈量土地，也是一次态度的宣示，更是一次造势。我们就是要反复地、多方位地让大家感受到我们收地的决心，感受到收地不可阻挡的气势，让大家明确地知道这一次绝不是嘴上说说而已，而是要动真格的了。这是我心里的想法，没有多跟大家说过。出于这个目的，量地的人必须多一些，该参加的人员都参加。今天不合适，量地就只好推到明天了。

村里风平浪静。几位老人靠在墙根儿抽着烟，有一搭没一搭地闲聊着晒太阳。人们似乎已经忘记了还有收地这一档子事。

尽管如此，我们还是坚持把丈量土地的时间改到明天的变动发在了全村微信群里。我们想把工作做得严谨一些，不想给任何人造成一种啥事都很随便、很随意的印象。时间变化了、延迟了也要及时告诉大家。

量不成土地，也不敢再白白地耗一天了。

不成功有好多种可能，其中一种叫作时间不够了。

如果不抓紧，错过了农时，到该种地的时候地还收不回来，只能草草收场。地不能荒，这是底线。眼看已经是三月中旬了。

我心里很焦急。

走访了几户群众，明确感受到一些怀疑和担忧。

郑支书对村里的反应有些担心，"怎么静悄悄的，一点动静也没有了呢？"

我没有往这方面想过。经他一说，也觉得似乎有些太安静了。前些天，收地的风声刚一传出去，村里就纷纷攘攘，街头巷尾议论很多，各种说法都有。现在《收地公告》贴出去了，要正式开始收地了，反而悄无声息了，连那些反对的声音也听不到了。有点怪。

问了贵保、小亮，他们也有同感。

难道这种宁静的背后真的有什么暗流吗？

不清楚。

既然不清楚，就先不去管它，我们按部就班往下走吧。

地丈量不成，马当先、文秀丽和小亮开始着手挨家走访占地户，签订《交还集体土地承诺书》。

22

上次会议以后，签不签《承诺书》始终是我心中的一个结。

收地是弘扬正风正气的正确行动，是邹家寨大多数老百姓拥护的正义之举，只有少数人反对。但这个多数和少数只是一个平面账。很多时候力量的对比不是以数量来说话的。所以，必须把群众工作做好，做细致，做扎实，从而化解矛盾，减少风险。这也是乡里领导一再嘱咐的。我们的目标不是想打击谁，而是想收地，收成功，任何有可能影响这个目标实现的因素都应该想办法排除。

既然大多数人拥护，就想让大家都参与其中。群众自己的事，群众理所当然地应该是积极参与者，而不是被动旁观者。全村 124 户，抢了地的 53 户，占了 42%，这个数字不小了。怎样才能做好这部分群众的工作，最大限度地减少收地的阻力呢？

从前期了解的情况看，这 53 户并不是铁板一块。当年抢地有各种各样的情况，如今对收地，态度也不一样。很多群众虽然自己也占了点地，但心里知道占集体的地不对，长久不了，对收地也很理解。对这一部分群众，应该鼓励他们自觉自愿地把土地交回来。无论什么时候，都要尽量团结大多数。即使在抢了地的群众里面，也要团结通情达理的大多数群众。而不能形成一边是工作组几个人要收地，另一边是 53 户占地群众被强收这样双方对立的局面。如果形成几个人对 53 户那样的局面，就被动了。

坚决不愿意交地的是占地多、占地好的少数人，这几户抵触情绪的确挺大。这是收地的主要阻力。不排除这部分人在收地过程中找碴告状和聚众闹事的可能。对这一部分人，只能采取教育、分化、孤立的办法。一方面形成大部分占地的群众自愿交地的主流，教育他们几个也跟着走。另一方面对其中实在教育不过来的极其个别的极端人员，该打击也得打击。打击也是一种教育。既教育本人，更教育大家。但都是农民群众，打击必须少而又少。能在教育层面解决的问题，绝不轻易打击。实在无可避免，必须打击，也必须精准，把板子打在该打的人身上，这样才能起到教育人的作用。如果能够通过努力，做到不让任何人受到打击而顺顺利利把地收回来，是最理想的结果。

有人提出不用管他们反对不反对，一声令下一刀切，快刀斩乱麻。快刀斩乱麻是痛快，缺陷是没有办法把占地的 53 户区分开，分别对待。这样做，既无法充分尊重虽然占了地，但支持正义、愿意交还土地的这部分群众的积极性，也没有办法实事求是地分化占地群众，孤立极少数，同时呢，还容易给反对的人留下煽动、鼓惑、利用群众的机会。眼下最怕什么？最怕形成群体性事件。没错，咱们收地是正义的，是符合国家政策、顺应百姓愿望的，与党中央扫黑除恶、整顿社会秩序的要求也是高度一致的。但是，如果在事先毫不知情的情况下，在某个时间、某个场合，突然之间呼啦啦一下站了一地反对的群众，吵吵嚷嚷的，你说，怎么工作？一旦出现了那种对立局面，即使收地再正确、再正义，大家再怎么赞成，也得先停下来把事情落实清楚再说。停下来，调查了解情况，化解各方矛盾，等待上级组织处理。毕竟，稳定是大局。等到十天半月、俩月仨月过去，都调查落实清楚了，该化解的化解了，该处理的处理了，收地的时间节点也早过了。收地，自然流产，今年就算是彻底泡了汤了。今年收不成，明年还能不能再收？都得到时候再说了。

有可能出现这种不利局面的原因在于过程不可控。

而把 53 家占地的户再走一遍，挨家签订《交还集体土地承诺书》，就能有效增加过程的可控性。"一是挨家挨户走过，谁家具体是什么态度都能清清楚楚，能够切实了解反对的人的意见、态度和可能采取的措施，便于防范。二是充分尊重拥护收地的群众的意愿表达，让这部分群众跟咱们站在一起，形成合力。三是留下少部分不愿交地的人，及时向全村公示，可以起到分化、孤立的作用。对大家也是个宣传和教育。再者，就是入一次户，听对方说说话，咱把咱们的想法说一说，也是有针对性地做一次群众工作，也能消除一些误解，化解一些矛盾。"我这样跟马当先、文秀丽和小亮说，"这样的话，谁可能站出来反对，反对态度会激烈到什么程度，谁有可能跟着他们跑，咱们心里就清清楚楚了。接下来，着意关注这少数人，过程就变得可控了。"

签订《承诺书》是一次精准的再摸底。实际情况了然于胸，才好采取对策。

马当先和秀丽一贯认真负责，是非分明。听了我的理由，他俩都很赞同，认真帮我修订了《交还集体土地承诺书》。

交还集体土地承诺书

经与全体家庭成员共同商议，我自愿将我家占用的以下土地交还村集体，并严格遵守国家法律法规和村集体有关管理规定：

1、（外北坡、里北坡、东掌凹、西掌凹、东西掌子凹） 　亩；
2、（外北坡、里北坡、东掌凹、西掌凹、东西掌子凹） 　亩；
3、（外北坡、里北坡、东掌凹、西掌凹、东西掌子凹） 　亩；
4、（外北坡、里北坡、东掌凹、西掌凹、东西掌子凹） 　亩；
共计　亩。

承诺人（签名）：
接收方（盖章）：
接收方代表（签字）：
年　月　日

今天见丈量土地的人员不全，丈量不成，跟郑支书打了个招呼，我们开始见缝插针找占地户签《承诺书》。为了掌握全面情况，我决定一户不落，全程跟下来。

为加快进度，减少来回找人的麻烦，我们想让村干部领着去。村干部婉言谢绝了。自酝酿收地以来，不赞成收地的户抵触情绪挺大，私底下没少给村干部说难听话。都是乡里乡亲的，低头不见抬头见。我们是外来的，如果收不成，还能拍拍屁股走人，可村干部就为难了。今天见又要入户，而且是专门针对占了地的人家入户，村干部就有点畏难情绪。

不去就不去吧，保护保护他们也好。况且，村干部们不在场，群众说话没顾忌，也许更能听到真心话。我们一行四人从村西头开始逐户走访。

第一天走访下来，走了 27 户，签了 25 户，只有两户不同意签字交地。

开局不错。

赶紧公告，让大家都知道！

集中收回村集体土地工作公告第 5 号

关于 3 月 11 日走访情况的公告

3 月 11 日下午，工作组工作人员带着《交还集体土地承诺书》走访了 53 户占有集体土地群众中的 27 户。

其中 25 户群众向工作组签字递交了《交还集体土地承诺书》，表明了自己严格遵守国家法律法规和村集体的有关规定，愿意交还集体土地的良好愿望。2 户群众提出了一些具体困难和要求，工作组整理以后将和其他意见、建议一起提交相关会议研究。

让我们为上述 25 户群众点赞（名单随后公示）！

他们深明大义的襟怀，服从大局的觉悟令人钦佩。他们对收地工作理解、支持、合作和期待的态度，让工作组感受到了咱们村人心向善、人心思治的民心所向。

其中几位党员干部率先垂范，积极响应，起到了模范带头作用。也为他们点赞！

依法收回集体土地在咱们村是人心所向，依法依规管理集体土地是乡村治理的大势所趋。咱们村理顺集体土地管理的行动与党中央的决策是高度一致的，与市、县、乡的具体安排也是完全一致的。

《交还集体土地承诺书》是群众对交还集体土地的一个态度表示，也是对收地工作、对村委、对邹家寨 124 户 300 多口人民的一个表态，同时也是工作程序的完善。这不是民意调查，不是征求意见，而是收地工作的一个程序。签了《承诺书》的，我们欢迎，地要交回；不签《承诺书》的，也不会影响集体土地的收回。

规矩面前，人人平等。

从今天开始，工作组将组织对集体土地进行丈量、造册、分等，为下一步整凹出租做必要的准备。同时，对其余26户占地群众将继续走访、签订《承诺书》。

请大家认清形势，积极配合，积极支持，共同把咱们村的这一件大事、好事办好！

集中收回集体土地工作组

二〇一九年三月十二日

23

时间。

时间。

时间！

早晨一睁眼想到的第一件事，就是时间紧了。

日子过得飞快。还没有什么大的进展，已经是 3 月 13 日了。

还是那句话，失败有好多种可能，其中一种叫时间不够，来不及了。

如果在种地之前不能理出个长短，到群众种地的时候就很难阻止大家了。一家带头种起来，呼啦一下子都跟着种，一点办法都没有，只能眼睁睁看着又一次失败。所以必须抢在种地以前完成收地。等到下种之前，就必须明确，这块土地已经收归集体，个人不能再无偿耕种了，名正而言顺。

时间已经很紧了，再不容耽搁。今天必须把丈量土地的事完成。按照收地公告，土地一经丈量即视为收回。尽管这种收回还仅仅是理论意义上的，后面会有什么波折还无法预料，但丈量是非常关键的一步。

量地的队伍挺整齐，工作队全体、第一书记、在家的村两委、老干部代表，十三个人的队伍，也算是浩浩荡荡了。这种集体性行动，这些年来在村里已经不多了。

令人感动的不是我们的人员规模，而是人们对待这项工作那份神圣庄严的态度。我们一个地块一个地块走过，不留任何死角。对已经在地里建起来的养鸡场、养羊场、蔬菜大棚，也一个个认认真真量过去。小亮年轻，身手敏捷，端着测量仪登高爬低，围着一个个地块的边缘走过去，低头看看仪器上显示的地亩面积数，高声报出来。秀丽拿了图纸，把一个个数据认认真真标注在地图上，同时贵保用笔记本在本上再记一遍，共同印证。

能够感觉得出，每一个人都用心在做。收地工作的最终结果会怎样，谁心里也没有十足的把握。但对眼下该做的每一步，必须认真走过。

黄长义和黄东华两位老干部代表很尽心，根据自己的经验，提出每一个地块的评定等级意见，供大家讨论、评定。老支书长义已经是七十五岁的老人了，腿脚也不好，拄着根棍子一瘸一瘸跟着大家登高爬低，走下了全程。本来我们还邀请了另一位老干部参加的,临到跟前,老人怕得罪人,借故躲开了。

这些地脱离集体的监管已经九年了。九年来,抢地的事像一根刺硬硬地扎在邹家寨善良正直的人们心里。趁工作队在这儿,能够一起把地收回来,是群众的意愿,也是老干部们的心愿。

丈量土地走出了收地实际操作程序的第一步,有人开始坐不住了。量到方平和红斌两家的养鸡场的时候,四家养鸡专业户八个大人整整齐齐站在鸡场周边,盯着我们丈量。他们几家的鸡场都是在抢占的地上盖的。他们都反对收地。因为收回土地,他们的既得利益会受损。我走过去,给大家发了一圈烟,简单说了几句收地是形势、也是任务,希望大家认清形势,能够理解之类的话。他们几个或打着哈哈,或紧绷着脸,没有多说什么。

我鼓励他们有什么意见、有什么要求通过正常途径反映,我们一定会认真研究的。数目相对,能够感受到他们有话要说,只是见到今天这整整齐齐的阵势,没说出来。尤其黄方平,阴沉着脸,用劲叨着纸烟,一声也没有吭。

傍晚在村委办公室统计丈量结果的时候,有消息传过来,说方平他们几户到底在街上闹出了点动静来。

今天派出所到村里来调查一个治安案件,这几家养殖户纠集了几个人围住了警察,强烈要求反映工作队要收地,损害群众利益的问题。派出所的同志解释说,自己是来调查治安案件的,收地的事不归派出所管。他们不依不饶,吵吵嚷嚷纠缠了好久才罢休。

下午市电视台《科技在线》栏目组的同志在村里采访科技扶贫产业发展情况,看到我们贴在墙上的收地公告,想拍录几个镜头留个资料。他们几户的人见了,又马上围了上去,纷纷攘攘地要求接受采访。还撺掇出一个钢铁公司的退休老工人,让老工人说说收地如何如何不对,如何如何坑害老百姓。电视台的同志费了好多口舌才脱了身。

这些事,尽管事先也有所预料,但真的发生了,还是感到不舒服。土地的丈量结果统计出来了,五个凹,一共 72.95 亩。工作组当场开会对每个凹每一类地的参考租地价进行了讨论,商定了一个承包起步价。

丈量工作告一段落。

快,赶紧公告,让全村百姓都知道!

24

夜里驱车返回市区的路上，问起王州这些天在做什么，大家都不知道。我"哦"了一声，没有多说。

王州是前年八月接替上一任第一书记来到刘张村的。那时候，我们三个帮扶村每个村派了一名第一书记，工作队三个人是三个村来回跑，哪里有事去哪里。前面几个月里，大家彼此之间相处都挺和谐。

去年五月，按照上级要求，各单位充实了下乡工作队，每个帮扶村派驻一支工作队，每个队不少于三个人，同时，第一书记也可以兼工作队员。这样，我提议王州兼上了刘张村的工作队队长，另外给他配了两名队员。作为单位分管扶贫工作的领导，我向单位一把手提出自己是不是不要驻村了，也不要领下乡补助了，一把手表示还是应该坚持在扶贫第一线。于是我在三个村里随意挂在了刘张村，任驻村工作队员，主要工作任务还是协调三支工作队的帮扶工作。

人员调整文件下达后，王州专门找到我说，还是把我放到邹家寨合适，理由是我以前去邹家寨多，对邹家寨比较熟悉。实在不行，放到东王庄也行。话外之音，放在刘张村不合适，只要不在刘张村，哪都行。当时我有些纳闷。都是个下乡，我无非是个分管领导，挂在哪个村不一样呢？

在这之前我没有考虑过这些问题。挂在刘张村当工作队员只是觉得刘张村大，自然庄多，人口也多，工作量相应也大一些。见他有些不欢迎，我告诉他不要有什么顾虑，该怎么工作还怎么工作。我是分管领导，也不会天天住在刘张村的。而且，市里的文件刚刚下来，再要求更改也不合适。

他闪烁其词的拒绝，让我心头闪过一丝疑惑。也许是觉得有个领导在旁边不容易放开手脚工作吧，过些日子慢慢也就适应了。

脱贫进入了攻坚时期，任务艰巨。组成工作队，文件精神是硬抽人、抽硬人，但人员多了难免良莠不齐。我很想带领大家做出些成绩，展现一下我们开发办的风采。从人数上看，下乡人员占到了全单位的近八分之一，不少了，而且是全脱产专门扶贫，毫无建树实在说不过去。

而要想有所作为，必须人员团结，队伍过硬。这是做好一切工作的前提。我首先把精力放在建章立制，整顿队伍上。我们确立了工作队例会制度，在第一次例会上对国家扶贫政策进行了系统梳理。六名老队员还现身说法,各自讲了一件下乡中体会最深的事,为新队员传授经验。会上确定了王州、秀丽、小亮三位同志分别为我们这个团队的生活委员、宣传委员和组织委员。小亮同志立说立行,当场面对面建立了微信工作群,约定工作队的事务一般在群内通知,见到群内通知要及时回复一声。

出现的第一个不和谐音符是在刘张村。

刘张村是我们帮扶的这三个村中村干部力量最强的。老支书是三十多年的老干部,思路清晰,经验老到,作风沉稳。特别是擅于放权,在乡村干部中别具一格。村委主任年富力强,作风硬朗,把村里的事打理得挺有条理。支书的内敛、稳当和主任的外扬、强势结合起来,互相弥补,倒也有张有弛。因为这些,刘张村的工作总体比较顺利,矛盾也不多,所以前两年我们去刘张村不多,一般是有事了才去。

两年来工作中也有几件事有些小小的不愉快。

一件是下乡吃饭问题。平时我们下乡一般就在主任家吃饭,完了按顿给放下饭钱。有集体活动组织单位帮扶干部去村里下乡时,每次提出在村里吃饭,干部都面带难色。尽管我们严格执行吃一顿午饭交10元饭钱的规矩,干部还是显得不太情愿。估计是怕麻烦吧。有两次甚至有人提出来去刘张村下乡时错开饭点,或者下到中午返出村来去饭店吃完饭下午再去。我没有同意。到村里开展工作,不吃老百姓的饭,怎么能贴近群众呢?为了解决这个问题,有一次我提出是不是在村里物色一家贫困户,干净、利索点的,用我们的帮扶资金给他家添一些锅碗灶具,以后下乡干部和市里帮扶干部来了就固定去他家吃饭,按顿给他交饭费。这样既能解决下乡干部的吃饭问题,也能帮助这一户增加一点家庭收入。村干部听了,不置可否,呵呵一笑,没有了下文。

第二次不愉快来自一次慰问。那年“六一”前夕,单位妇联按照市妇联安排去村里慰问一户贫困学龄儿童。几位妇女同志自己掏钱买了书包、文具盒、练习本等学习用具,又从单位同志们捐献的衣服中精心挑选了几件样式和质地挺好的童装,兴冲冲地往村里赶。结果还在路上走着就有村干部很不友好地传过话来说,旧衣服就不要拿来了,找个地方扔了算了。到了村里,村主任又挺霸气地要求把慰问品用黑塑料袋装了,去悄悄塞给那个孩子,别让旁人看见了。我不理解。明明是来村里办好事来了,即使我们能力小,慰问品不够贵重,可好歹是我们的一片心意啊！怎么能够这样伤害同志们的感情呢？而且，即使是件小事，但心是好心、事是好事，这个性质没有变。难道办好事还得像办坏事一样偷偷摸摸地去做吗？

第三件事是去年春天，我们提出栽种连翘、双季槐发展扶贫产业，栽月季花美化环境，探索产业发展和村庄美化的路子。三个村里只有刘张村不太配合。往村里送连翘苗子的那天，尽管提前一天就通知给了村里，但是苗子到了村里，村委还是空无一人，村委主任和第一书记都找不着。电话问第一书记王州，说正在市里往机场送一个亲戚，来不了。打通村主任电话，说有事没在村里，栽连翘的事不行就明年再说吧。事先说得好好的事，苗子都已经拉来了，村里连个接收的人都没有。后来还是老支书亲自出面，临时找来人卸下苗子，安排种了下去。栽月季花美化村庄的事就更是连催了几次，村里纹丝不动，进度远远落在另两个村后面。

工作队员充实以后，我们提出让村里落实个房子，解决工作队的驻村条件。同时，我建议各村给工作队划出一小片空闲地，让工作队闲暇时种种菜，既是一个农业劳动实践，也增加一些驻村工作的情趣。那时候，上级还没有提出一周必须五天四夜驻村的要求，许多下乡的同志还是像上班一样，早上来了晚上回去，解决驻村宿舍的提法略微有些超前。对此，另外两个村子还理解，只有刘张村不积极。到约定完成的日子去刘张村验收的时候，毫无进展。问起时，村干部有些不好意思，嘿嘿了几声，没有多说。倒是王州抡圆了右胳膊在空中划了大半个圆圈，大着嗓门说："房子有的是，地也有的是，不发愁！"说得好好的事情，一个星期落实下来还是空中楼阁。明明是工作没落实，还理直气壮地"有的是！"我有些生气："屁话！谁不知道房子有的是、地有的是？到底哪一间是给工作队做宿舍的、哪一块是让工作队做小菜园的？！"

我情急之下的这句"屁话"，直接推动了工作队宿舍的快速落实，同时也成了王州后来人前人后说我开口骂人的有力而且是唯一的证据。

细细碎碎，鸡毛蒜皮，虽没有什么大不了的事，跟村干部之间彼此也没有红过脸，但能够感觉到村里对我们客气是客气，却并不真正欢迎我们。填表、走访、入户、送资金、送温暖都可以，最好不要参与村里的事务。这样的情况在其他有些村里也有。这种互相客气、隔心隔肚皮式的合作方式不改变一下的话，工作队要想有所作为很难。两年来的工作实践就是证明。

工作队人员增加以后，在刘张村一次党员和村民代表会议上，我充分肯定了村两委和第一书记的能力和工作成绩。在此基础上，结合诸如以上的一些事例指出了工作上的一些不足。我的意图是想给村里提个醒，转变一下观念，和工作队配合起来，一起实打实地为村里办点实事。

我讲的都是实际情况，没有一句假话、空话、过头话。虽然提出了些批评意见，但一是在肯定和表扬的基础上，二是为了切实解决问题，更好地开展工作，是善意提醒，毫无恶意。为了保护村干部的积极性，我刻意强调了我们工作队在沟通村里和单位关系上的不足与欠缺。主动检讨我们自己队伍的不足，也是检讨我自己的不足，是一种罪己之举。在座的同志们大多听懂了，有的同志在频频点头。会场气氛严肃而不失友好。

意外的是，我的发言竟惹恼了一个人。

这个人就是我们单位派驻刘张村的第一书记王州。

那天的会议是他主持的。在我发言中，他左右摇晃着脑袋进进出出了好几次，显得很不耐烦，最后终于忍不住高声喝断了我："今天的会是我主持哩，你在这说什么哩？！我们刘张村的工作是最好的……吃不上饭，我们刘张村哪一顿饿着你了？！宿舍没找好，找就是了嘛，在这儿说这干什么哩？！散会！"

他怒气冲冲的大嗓门惊呆了在场的所有人。

我也愣住了。我是分管下乡工作的领导，在研究下乡工作的会议上谈一些如何做好帮扶工作的意见，过分吗？何至于此呢？

但这是村里所有在家的党员和村民代表的会议，即使有什么分歧，也不能再在会议上晾来晒去了，那只会更丢开发办的脸。我默默收起笔记本，走出了会议室。

那是我们的第一次冲突，也是我第一次对在同一个楼里同事了近三十年的王州有了一个不同于以往的认识。

过后想起，我的话没有虚假，没有错误，也没有恶意，他也应该清清楚楚。他如此激烈的反应应该是认为我的讲话挑战了他在村里"我的地盘我做主"的权威了吧？从另一方面说，刘张村干部基础不错，但自成体系，有些排外倾向。王州在这种环境下开展工作也有不易。他许是担心我的话会影响他在村里的威信，影响开展工作？可是他没弄明白，我的一番话恰恰是为开发办的工作、为他的工作创造条件、鸣锣开道的。

但无论如何，会议上这种不管不顾的行为极不可取。在群众心目中，如此没规没矩、没有原则，换人是不可避免的了。

换人，我没有想过。整顿纪律，是必须的。工作必须有规矩。在乡下直接做群众工作，讲规矩、讲看齐意识更是必不可少。如果放任这种情况发展下去，不但什么正事也做不成，还会丢尽单位的脸面。党组把这支队伍交给我，带出一支像样的队伍就是我的责任。

在刘张村不欢而散后的第三天，我们计划开会研究工作队帮助三个村起草的移风易俗村规民约，顺便就王州在会议上的不恰当给大家提个醒，强调一下作风纪律。一次不冷静没什么大不了的，但不能再蔓延，如果没规没距成了习惯，队伍就散了。

会议定在下午三点半。组织委员小亮大清早就提前通知到了每一个人。有同志当天有下乡安排，但中午饭后往回返，时间很充裕，一点问题都没有。

下午三点半，工作队总共十名同志，七位已整整齐齐等在会议室，单位来参加会议的人事科长也早早来到了会议室。王州和他的两名队员却都没有来。小亮打电话询问，三人的手机非常意外地全部关机。跟小亮核对通知会议的情况，小亮明确说早晨七点发了微信，对没回复微信的又挨个打了电话，都通知到了，没有遗漏，王州他们当时没有什么特别表示。

刘张村五个自然庄，其中有一个自然庄手机信号不好。但按照时间推断，这会儿他们不应该在村里，最起码应该在返程的路上了，怎么会全体都联系不上呢？我让小亮继续联系，同时告诉大家在会议室等一等。

谁知这一等就是三个小时。晚上六点半的时候，小亮着着急急回话说，总算给王州打通电话了，说他们一时还回不来。具体什么原因，不清楚。

"那今天的会……还开不开了呢？"他迟疑着问。

我也很恼火，在我们的下乡工作群里发微信统一回答了大家。

> 王州的电话终于打通了，一时还回不来。
>
> 大家等了他们三个小时，各自先回家吧。等他们回来了，如果不太晚，再让小亮通知大家，再来陪他们开会。如果太晚了，就明天再说。
>
> 明天怎么安排，到时候会通知大家。

等了一下午，等来这么个结果，我有些生气。大家也都挺沮丧。

按照工作要求，群里的通知要及时回复，既是为了工作效率，也是一个互相尊重。我的微信发出后，依然是别的同志都立马回复"收到"，只有王州他们三人一声不吭。再让小亮打电话联系，又集体关机了。

送走陪着我们一起等了整整一下午的人事科长，已经晚七点了。我又在群里给他们仨发了微信，告诉他们回来以后跟我联系一下。

又是一个小时以后，终于收到了王州的微信，说他们刚回来，解释说在村里忙了一天，办了点事情。然后，话锋一转：

> 希望以后安排会议能提前沟通一下。
> @李为民 @小亮

这种情况下，再这样强词夺理就太不应该了。会议明明是事前用微信和电话通知到了每一个人的，没有一点含糊，跟提前沟通又有什么关系呢？下午等他们期间，我跟刘张村支书和主任都通过电话，村里并没有什么着急的事情需要办，根本没有不参加会议的理由嘛！

不想在这上面多纠缠了，我着急想见见他，弄清今天到底发生了什么。

> 王州，会议的事早晨通知得清清楚楚，大家都知道，你也清楚。不用多说这些了。
> 你现在在哪里？

他却再没有回答一个字，直接关机玩起了失踪。这次关机一关就关到了第二天上午。

听到有人叨咕说，他们三个今天中午早就回来了，是故意关机不接电话，就是不想参加今天的会议。我心生疑惑：都是一个单位的同事，这样的一次正常例会，他们会这样吗？为了不要无端猜疑自己的同志，我决定弄个水落石出。

夜里，约了两个同事赶到村里了解了情况，又找到跟王州一起下乡的一名队员家里面对面进行了沟通，基本弄清了事情的缘由。今天，村里根本没有什么着急的工作要做，他们三个下午根本就没在村里，而是早早就回到了市里。

为了不参加下午的会议，王州要求都关了手机，约好谁也不许接电话！

这是为什么呢？难道他没有组织观念吗？

深夜二十三点三十五分，饥肠辘辘地回到家里，掏出手机给王州发了微信。

@ 王州

好。现在大家不应该再等你开会了吧？那我通知大家休息了。

今天一早把会议通知到了每一个同志，大家都能遵守时间，排除困难，按时开会。唯有你们刘张村的三个同志手机一关，百般不应。

你们可以不尊重我，但是你们把工作队其他同志和人事科的同志放在一个什么位置？

会议是提前通知的，你们早晨每一个人都接到了通知（没有异议吧？），你还表示争取早点回来，当时咱俩为此还通了微信，交换了意见，为什么就能这样出尔反尔？你把咱们这个组织当成个什么了？

今天，八位同志等了你们整整七个半小时，作为同事，作为战友，你们于心何忍？！

大家都很忙，都是一样的人！请仔细想一想，学会尊重别人。

请通知刘张村其他队员，明天上午八点半到我办公室，我正式征求他们的意见。

你自己也回顾一下、反思一下，有问题可以沟通，有错误可以改正。如果我有错误，你有批评和建议的权利，但请不要一意孤行，一错再错，做出让单位和自己都脸上无光的事。

记住，我们每一个人出去以后别人看到的首先不是×××，而是市开发办×××。也许你觉得咱们的单位不怎么样，什么也不是。但是，可以想一想，单位离开了你我，不废江河万古流，而你我离开了单位，什么也不是，顶多是个老王、老李。

都是共产党员，都是老同志了，仔细想一想吧！想通了，认真写个检查，随时可以找我谈。如果觉得我水平低，没有资格，不配领导你，不配跟你谈，请找单位一把手何主任谈。

脱贫攻坚，任务很重。下乡工作，大家都累。请尊重大家！

为了照顾各自的面子，我没有把他的谎话公开挑明。这种情况下，整顿作风纪律就更为迫切了。像以前想的那样，在会上蜻蜓点水般地简单提一提怕是不行了。

几天后，我们在东王庄召开了会议，作为会议的议题之一，我正式对他的错误行为进行了严肃的批评。他表面上诺诺连声，背过身去却左右晃着脑袋，啧啧有声，怨愤连连。

微信工作群是一个工作工具，我们在微信群里发了工作通知，其他同志都能及时回复，接到通知了没有，工作进展如何，互相之间一目了然。唯有王州很长时间也不回复，常常得组织委员小亮同志专门电话再询问、再通知。后来发展到通知立刻要办的事情，或者当下需要回复的问题，过了三天都不回复一声。在他的影响下，刘张村的两名队员也有一搭没一搭的，对工作通知爱答不理，与其他两个村的情况形成了天壤之别。

当我再一次批评他的时候，他炸了，梗着脖子，愤愤地当众退出了工作群。对分工给他的生活委员，也气哼哼地扔了回来。上午开会刚到十二点，他的一名队员立马伸出胳膊，用手指戳着腕上的手表，来回晃着脖子说："都十二点了，该吃饭了，还开什么会呢？"但散了会，大家都在给我们做好了饭的老乡家里等他们来吃饭的时候，却久久不见人影。打电话一问，才知道三个人不辞而别，已经返回市里了。

这种情况，不仅没办法工作，队伍也会被他越带越偏。如果刘张村的状况得不到纠正，很可能影响到其他村的队伍建设。

出于对工作负责的态度，我请示了单位主要领导，及时对刘张村的工作队进行了人员调整，撤回了两名队员。空出来的岗位暂时不再增加人，由另外两个村的队员兼任。这种情况也不奇怪，各单位人手都紧张，许多单位都是这样互相兼着的。

撤回两名队员以后，刘张村的公开叫板暂时平息了，背地里的小动作却没有断过。到了冬天，市纪委根据举报线索调查我们下乡网签天数不够每月十五天的问题，以此为开始，最终我还莫名其妙受了处分，在社会上传得沸沸扬扬的。

无疑，我把他得罪了。

这次邹家寨收地是个显而易见的马蜂窝。王州如果知道了会不会在这个节骨眼上有什么动作？前面跟他打交道的经验告诉我，不得不防。

今天早晨出门前，很稀罕地接到他主动打来的一个电话，随意地说了个工作培训方面的事。中午吃饭的时候就在《今日头条》看到了关于我下乡违纪受处分的推送。那次处分中的是非曲直，公道自在人心。但他早晨那个十分罕见的电话和今天《今日头条》的推送之间有没有什么联系？不得而知。

《今日头条》的消息推送对我压力挺大。午饭时我看到了同志们异样的表情，但谁也没有问起。刻意不问是怕我难堪，是对我的一种同情、一种保护。我心里清楚，因此充满感激。

如果收地中再次被黑，我决心据理力争，彻底洗清自己。但收地的事就一定会又一次半途而废了。

黑暗中，我下意识地摇了摇头。

25

按计划，签《承诺书》的工作要在今天结束。

还有13户群众没有走到。这些都是前两天没有找见人的户。我们下了决心，今天全部完成，一户不落。

经过大半天的努力，又有几户痛痛快快签了《承诺书》。几位村民明确表示支持，地必须得收回来，乱抢乱占不成个样子。同时也表达了对会不会又是雷声大雨点小、只刮风不下雨的担忧。有的群众担心自己的地被收回去了，那些厉害人的地收不了，又让自己吃了亏。我们几个耐心说了我们的主张，表示一定不辜负大家的期望，这次一定要办成。而且，"规则面前，人人平等，不管是谁。"我说。

黄有志是守一的儿子。前一天我们来找守一谈话的时候，有志没在家，没有跟他正面接触。既然户口本上已经另立门户，他也是独立的一户，虽然知道他反对，也得当面听听他的意见。

走进他们家，刚跟守一打了个招呼，有志就晃着脑袋，骂骂咧咧地从外面走了进来，"收地？我看谁敢收！"

见我有些诧异，他继续，"这些个人，一星星正事不办，一天起来就知道收地、收地、收地！"

他的意见很大，态度很激烈，当着他父母亲和来串门的姊子的面骂个不停。陈芝麻烂谷子，过去、现在和未来以各种复杂的方式搅和在一起，没有层次，没有主题，让人很难辨得清他到底说的是什么。但有一层意思我听明白了：要想收地，就别想！谁要收地就告谁。不但要找上门去告，还要发到网上告，看看能弄住谁。"我就不相信，弄住谁算谁！"

我挺费力地止住他，耐心地告诉他，收地是贯彻国家的政策，同意收要收，不同意收也要收，没有商量的余地。《承诺书》也是，签了是表明你一个态度，不签也是一个态度，签不签都不影响收地。

有志情绪很激动，几乎不停歇地插进来打断我。他表达的意思，我需要很费力地用一个一个的单词和短语硬给拼凑起来才能大致弄懂。屡次三番被打断，我也急了，指着他父亲对他说："你这点水平，比你父亲差一百倍。别老吵吵，听我说！"

趁他一愣神的空当，我说："我和你的父亲认识两年多了。虽然我们意见不同，我不赞成他的做法，但我们能够坐下来交流。我说话的时候，你看见他打断我了吗？这是什么？这是尊重，是涵养。你倒好，年纪轻轻的，狂妄自大，连话都不让人说，什么玩意儿啊你？!"我越说越激动。

他侧仰起脖子又要嚷，旁边的守一伸手扯了扯他的衣襟，阻止了他。

"收地是国家政策，也是我的工作任务。有什么意见，有什么要求，都可以提出来。通过正常途径说，好好说。"我转向屋里的几个人，"大家都可以提。为了征求大家的意见，敞开说话渠道，我们设了个意见箱，还确定专人听取大家的意见和建议。啥都能提。提了我们记下来，认真落实。自己能够解决的，尽快研究解决。政策不允许，解决不了的，给大家耐心解释清楚，消除误解。不是我们的职责范围，不归我们管的，及时上报上去。该谁管报给谁。"

看几个人在认真听，我继续说："但是，反映问题要明确、具体。不能一笼统说'先把党员干部侵占集体财产的事给我查清楚'，你得明确说清楚共产党员谁谁谁，什么时候，侵占了集体什么财产，这样咱们才好去了解情况，好去落实。是不是？"

有志又梗着脖子，满脸敌意地要吵，我喝住了他，继续跟大家说："拖的时间长了，村里存在的问题也多。我这些天了解了一些，各有各的情况。有的是当初处理的确欠妥当，有些是大家对未来的担忧，更多的是因为没有做好群众工作，没有给大家说清楚造成的误解。这一次，咱们的中心工作是收地，但不是其他问题就不能说。都能说，都能提。提出来咱们认真梳理，认真落实。这一回不但不是不让人说，相反采取措施鼓励大家说，鼓励大家有话好好说。"

我转向有志，"但像你这样，一进门不分青红皂白，劈头盖脸就要吵架，这不好。这不是解决问题的态度。这样也解决不了任何问题。有什么意见，你好好说嘛！"

"问题？问题多的哩！"

"好。多也不怕，有啥问题你说。你不要着急，一个一个说。我就是专门来听问题的。"

正经让他说了，他反而东拉西扯不着个调，半天也理不出一个问题来，只能感受到情绪很激动、态度很恶劣。

我又一次截住他的话，说："行，不要多说了。今天你先说一个你最想反映的问题，其他的以后再说。好不好？"

他想了想，瞪着眼睛说："问题？大队那两个除了坑害老百姓还会干啥？"

我伸手打断了他："那两个？好，等等，你是说你要反映村里两个干部，他们坑害了老百姓的问题？好。那你说说，到底是哪两个干部啊？"

他愣住了，盯住我，翻了翻眼。

我继续说："你要反映两名干部的问题，你得告诉我反映的是谁，是×××和×××哪两名干部，在什么时候，干了哪些坑害老百姓的事，然后我们好去落实。是不是？你说'那两个'，不明确，不具体，搁谁也没办法落实啊。好，你现在就告诉我，你说的这两个村干部是谁，是郑青和黄建红？是黄贵保和张小梅？还是别的谁和谁。然后再告诉我这两个人到底在什么时候、干了啥，怎么坑害了老百姓。"

我掏出手机，对着他打开了摄像功能，"你说吧。我年龄大了，记性不好，说完了容易忘，用手机记录一下。"

他稍稍愣了一会儿，突然间再次迸发，"犯了错误，撤了职就行了？就没事了？唉?!"

这显然是针对已经下了台的黄茂义的。茂义去年秋天已经不当支书了，应该不在"大队那两个"里面。

我再次截住他，"先不要说那么多，说完一个问题，再说另一个。先说说干部里'那两个'坑害老百姓的事。"

"干部？干部就没有一个好东西。正事不办，就知道收地、收地……我要发到网上去，告他们，我不管，告住谁算谁！"

我失去了耐心，"你呀，年纪轻轻，不知道个天高地厚！让你反映问题，你连反映的是几个人，反映的是谁都说不清楚。脖子上顶着一盆糨糊，前言不搭后语，连个话都说不清，还告、告、告，你告谁呀?!"

下乡以来，对老百姓我从来都是和颜悦色，是大家公认的好脾气干部。今天，面对他的胡搅蛮缠，我的确有些恼了。

见我真生气了，他父母和婶子连忙劝他少说两句。

他稍微好了一点，但仍然平静不下来，瞪大着眼睛质问："好端端的为什么要收地？为什么要损害广大老百姓的利益？"

我稳了稳情绪，拍了拍守一的手背，"这个问题你也问过我。为什么要收地，就不多说了，公告里都说清楚了，邹家寨微信群里也发了，相信你们也都看到了。至于损害邹家寨老百姓的利益，我必须说几句。

"有志你是说，收地就会损害广大老百姓的利益，是吗？那我想问一句，你说的广大老百姓到底是哪一些，或者哪几个老百姓啊？以前你这么说，我不好说什么。因为我不了解。你父亲也跟我说过类似的话，当时我心里有疑虑，但没有反驳他。因为我没有调查，没有发言权。现在情况不一样了。我们调查了全村 124 户人家，除了两户实在联系不上以外，101 户都坚决支持收地，还有 13 户也支持，只是提出了一些附带条件。不支持的只有 8 户。这样全村 114 户赞成，8 户反对，你说的广大老百姓指的到底是哪一部分老百姓啊？要说收地会损害老百姓的利益，那么，是损害了这 114 户的利益呢，还是损害了那 8 户的利益呢？你是代表这其中的哪几户在说话呀？

"要说好端端的，那是好端端的吗？地抢了，有的盖了鸡场，有的盖了大棚，有的租出去收地租，横七竖八，不成个体统，是好端端的吗？都这样下去，没有个正风正气，乡村振兴能振兴得了吗？你们说，这能算是好端端的吗？"

有志不顾父母的阻拦，蹦着高又要吵。我懒得多理他了，说自己的道理："这一次，中央下了决心要扫黑除恶，整顿社会秩序。乡村秩序也是整治的重点。不许侵占集体资产，也是扫黑除恶的范围。以前的事过去了就不说了，这一次赶上国家这形势，就不要再硬来了。违反了法律，对谁都没有好处。老黄你年纪大了，经历的事也多，多劝劝年轻人，不要做出后悔都来不及的事来。"

话说到这里，有志依然不管不顾，"我还没有住过看守所哩，就想去住几天哩！"

我也变了脸色，"好啊！那简单，你胡来一把试试？反映问题没关系，即使态度激烈点也没有关系。在法律法规许可的范围内，怎么反映都行。如果出了圈，触犯了法律，任何人都救不了你。不信，你就试试。没住过？想去体验一次？好啊！我保证你心想事成！"

我顿了顿，喘了口气，"收地，是政策，是大局，这一次谁也拦不住。对收地有情绪，可以理解，有意见，可以提。但要逞英雄，耍厉害，造谣生事，想阻拦收地，门都没有！扫黑除恶，扫的就是这，除的就是这，谁跳出来打谁！不信，跳出来试试？我们就等着抓一个典型，给大家提个醒呢！"

有志张了张嘴，还要说，我打断他："就你这点思想，跟你父亲学着点！"

从守一家出来，面带恼怒。马当先他们问我签了《承诺书》没有，我嘟囔了一句，没有多说。

26

"你们是邹家寨的罪人啊！"

秋喜也是一个难缠的主，其难缠系数不亚于有志。上次全村摸底调查时，小亮去他家摸的底，他态度强硬，一连抛出八个问题，全都似是而非，属于胡搅蛮缠类型的。他抢的地不少，有一部分租给别人种着。如果集体收回来，这部分租金是肯定吃不上了。

他的二杆子脾气在村里是出了名的，跟很多人都打过架。跟自己的亲哥哥打架的时候，是派出所出了警才给拉开的。就这么个混不吝，谁也奈何不了他。不过，上次秋梅跟老公公生气，把老人逼出了村子，大家都不敢吭声。听说就是这个秋喜在村里的小卖部把秋梅拦住骂了两句，结果还招来秋梅一顿劈头盖脸的谩骂，险些动了手。在这一点上，我心里对他又稍稍有一点好感。

知道他的对立和蛮横，所以一直不愿意面对他。可对占地户走访，签订《承诺书》必须全覆盖，一家不落，这是硬任务。终究躲不过，总要有一次交锋，我们硬着头皮来到了他的家。迎面等着我们的就是这么一句话。

秋喜个头不高，精精瘦瘦的，一副能量很足的样子。我按住他一起在沙发上坐下来，递过一支烟，他迟疑了一下，点上了。

我打着哈哈，说："瞧这搞得，我们怎么就成了罪人了呢？"

"收地，收地，你们就知道收地！你们知道不知道收回来对群众而言也毫无意义？"

秋喜说了好多好多，等他讲完一个段落很费事。其间，我几次想插话，都没插进去，只好耐着性子听下去。小亮是他的帮扶干部，这些车轱辘牢骚话应该已经听过好几轮了。他见秋喜没有停顿的趋势，而我也没有打断秋喜的意思，悄悄拉了拉秀丽，一起去下一家走访了。

出于尊重，我和马当先还是认认真真听他说。其实，真正面对面坐下来谈话的时候，他并不像我想象的那么浑，起码在言语上比有志有条理多了。

从他的话里，我听明白了，一是他认为以前的干部做事有问题，不公平；二是地收回来对老百姓没利，所以不愿意交。还有一层意思他不愿意明说，就是他占的地多，土质也好，交出去吃亏太大。

我想说说我们的意见，但一开口，他马上截断了我的话。马当先止住了他，"先让李主任说说。你说了这么多，也得让我们说说呢吧。"

"你说的问题，我们都听明白了。有些能记得住，有些记不住。收地是大家的共同利益，希望大家都提出意见和建议。你的意见可以正式去大队反映一下，我们记下来，看该怎么落实。"说这句话的同时，我意识到意见箱和来访接待制度必须得真正落实了，得给大家开通反映问题的渠道，不能再拖了。

"但你说的因为干部们以往做得不好，有问题，就不同意交地，这个道理说不通。"

秋喜又要插话，马当先伸手拦住了他。

"为什么说这个道理不通呢？你也知道，咱村乱，抢地是个根源。一抢，抢坏了规矩，抢坏了秩序，实在不成个样子。你说当时干部做得不好，村里不公平，到底是什么情况，我没调查过，也不好多说。但不管怎样，抢地总是不对的。这么多年了，抢了也就抢了，种了也就种了，都不说了。但眼下中央要扫黑除恶，要整顿乡村秩序，咱们就纠正一下，把地收一收。

"你担心收回来有可能管理不好，这说明你关心大家伙的事儿。这挺好。地收回来就是集体的，有收益也是大家的收益，大家都该关注着点。我们呢，也会正式提醒村两委公平公正地管好地、花好钱。但是，"我话锋一转，"因为自己预测到将来有可能会管不好地，会产生腐败就拒不交地，那是不行的。"

秋喜张了张嘴，没有说出新的道理，但态度还是很激烈："你们这样做是抽老百姓的筋，剥老百姓的皮，我不同意！我要雇上律师去告你们！"

两年来，"告状"这个词出现的频率太高了，以至于听到这个词就让人不痛快。告、告、告，条条大路通罗马，为啥一有意见就是个告呢？这一点上，秋喜和有志差不多。

"告？告谁呀？"

"谁收地我告谁！谁不让我种地我告谁！谁坑害老百姓我告谁！"

我正色道："秋喜你听我说，反映问题是你的权利，用上访告状的方式反映问题也是你的权利。但是，反映问题得客观，得实事求是。如果因为对情况不了解，即使反映错了，那也不怕，改了就好。可如果故意歪曲事实，捕风捉影，诬告陷害，那是要负法律责任的。

"这一次是我们在挑头收地，我是组长。你要有意见可以去告我。怎么告都行。我不反对。但是，告以前最好先跟我说说。我是九几年考的律师资格，二十多年了，虽然没做法律工作，但法律知识我比你懂。让我给你参谋参谋，看告得合适不合适，是不是个问题。你要觉得我不合适，我给你推荐几个好律师，你找他们打听打听？

"要说坑害老百姓，我没有这个意思，我相信我们工作组的每一个同志都没有这个意思。对全村124户的调查结果你也见了，大家绝大多数都同意收地，只有几户不赞成。那你说，是按大家的意见收回地来是坑害老百姓啊，还是任由大家乱抢乱种是坑害老百姓呢？"

为了缓和气氛，我又递给他一支烟，他不好意思接，转过身去拿起他的烟盒反递给我一支。

我们是外面来的下乡干部，他对我们没有什么意见，也不怀疑我们的能力。当初老支书因为家庭纠纷回不了家，在村里是一个解不开的死扣，我们能够把老支书接回来、安顿好，把天不怕地不怕的儿媳妇秋梅给治住，他知道我们不是放空炮的人。

"老百姓就靠种点地活呢，为啥就不能让老百姓种种呢？"他口气稍稍软了一些。

我们耐心地说："不是不让大家种，但种也得有个公平的分配，得依法合理地取得。不能因为想种地，就动手去抢。不能谁抢上算谁的，谁厉害谁说了算。现在你正当年，你厉害，你抢了。那以后呢？等你年纪大了，动不了了，别人一把从你手里抢了，你行不行啊？气不气啊？咱村里啊，得有个规矩，有个秩序！"

"可是，收回去也得荒喽。地一荒，还得乱，还得抢。那还不如就现在这样呢！你们是好心，是想办好事哩，可就怕办成坏事了。"

"你说的，我们会认真考虑，也会给村干部们提提醒，争取不出现那种情况。"我和马当先这样回答。

事后有一天，马当先在路上忧虑地提起秋喜的话，说秋喜讲的也有些道理啊，如果咱们费尽力气把地收回来了，又管理不好，就真成了邹家寨的罪人了。我也有担心。但我们是工作队，不可能长驻在村里，只能尽力办好眼下的事，对以后的事，只能提醒到位，尽尽责了。至于干部听不听，能听进多少，以后是不是能做得让群众满意，我们就鞭长莫及了。受秋喜的启发，我坚定了制定一个集体土地长期管理办法的念头。

收地工作公告已经贴出了七期。秋喜对这也挺有看法："老贴个那干啥？多难看啊？看得人脑袋疼。"

我和马当先相视一笑，没有吭声。看来，公告触动了秋喜们的灵魂，难怪他们看着不舒服。

起身告别的时候，秋喜显得有些无奈："你说你好好地当你的主任吧，非管个这事干啥呀？有空了来村里转转，讲讲话，开开会，不是挺好的嘛？公家又不少你一分钱工资。"

我拉住他的手说："秋喜你不了解我，我五十多了，再有几年也就该退休了。没事，我也不想找事。可遇到这个事，过不去啊！在外面，人们一说起邹家寨，就说那是个乱村、告状村，不能听啊！现在国家要整顿乡村秩序，我们也有任务，咱们就结合起来把抢地这个事理一理。这不是跟谁过不去，再这样下去，咱们村没有希望啊！我是个老实人，办事认真，认准了这件事，非做成不可。也希望你能够理解。等地收完了，我立马走人，按你说的，安安生生回单位当我的副主任去。"

我们走出院子的时候，秋喜还在身后说："李主任啊，就怕你们是好心，可没有好结果啊！"

我们转身，摆摆手告别。

27

养鸡户红斌很难找，连找几次都没有见着。最终与马当先、文秀丽一路打听着找到他的时候，是在邻村的山凹地里。他正和邹家寨的几个村民一起给黄二平家搭建蔬菜大棚。

去年旱地西红柿年景不错，今年栽种面积又在扩大。邹家寨村的地不够用了，二平他们远远地跑到邻村的山凹里租了地建棚。

站在地里说起签《承诺书》的事，红斌很平静，淡淡地说："签不签你们都要收呢，我就不签了。"以为他会问他的养鸡场怎么办，他却一句没提，倒说起他盖在地里的大棚："我那大棚咋办？是不是该再让我种上？"

红斌是村里在抢来的地上建了养鸡场的四个养殖专业户之一。去年秋收以后，在鸡场旁边又建了两架大棚，还没来得及用。黄方平也是这种情况，在自家养鸡场旁边建了一个大棚。

谈到抢地，红斌说："地荒得没人种了我们才去捡上种了。抢地的人是勤快，不抢地的人是懒汉。"

这样的话前两天彩霞在工作组里也说过。当时我还纳闷怎么还会有这样稀奇古怪的理解。这样说很伤人的。我试着用他们这句话问过村里的一位长者，真切地看到了老人那种受到欺凌似的恼怒。曾经跟一位当年没有参与抢地的共产党员私下交谈过，问过他为什么没有去抢地。从他的回答里，我读懂了他心底那种对正直的坚守和作为一名共产党员的自律。这，能说他们是因为懒吗？

我紧紧盯住红斌，"那你是说，当初地不是你们抢的，是你们看没有人种了去捡来的？而那些没抢地的人是因为懒，懒得都不愿意去捡，是吗？那我问你，既然是捡的，就该大白天大摇大摆地去捡啊，怎么还得几家悄咪咪的串通好了，扛着锨镢半夜三更偷偷摸摸地去捡呢？"

红斌无言以对。

一旁的黄方平见状，一手拎着一根钢管走过来，往地下一扔，不服不忿地说："那他们还分了一袋面来，咋不给我们分面？！"

这个事我知道。几年前冯稳忠在村里挂职当支书的时候，为了促成收地，给没有抢地的人家一家分了一袋面。因为这一袋面，许多百姓感念他的公道和正义。这么一件光明正大的事被这样用质问的口气说出来，我多少有些意外。

在地里干活的几个群众也纷纷停下手里的活计，关切地望着我们。

我昂着头向方平迎上去，说："那我问问你，方平，是发面在前，还是抢地在前啊？是因为你们抢了地没有给你发面啊，还是因为没有给你发面你才去抢了地啊？"

方平往后退了两步，不吭声了。

太阳西斜。跟马当先、秀丽核对了名单，还有6户没有走到。这6户都在外地，一户在相邻的乡镇租了铺子做裁缝，一户在县城照料孙子上学，一户在市区打工，一户去外地探亲了，一户远在北京务工，还有一户说现在在市里，等我们驱车赶到市里时再一联系，已经突然有事往省城去了。

怎么办？

我们仨一商量，坚持一把，今天全部走到。实在走访不到的户电话征询，今天全部结束走访工作。

从村里到相邻的乡镇，从平长县城到北潞市区，一路颠簸，一路寻找，等把能够找见的几户都谈过话，签了《承诺书》，已经是晚上九点半了。饥肠辘辘的我们在路边停下车，打开录音功能跟剩下的三户通了电话，口头征求了对签《承诺书》的意见，根据他们的委托，替他们几户在《承诺书》上签了字。

至此，签订《交还集体土地承诺书》走访工作全部结束。

53户占地群众中，44户签交了《承诺书》，9户拒绝。

看来，如果真要出什么问题的话，就出在这9户里面。

28

走访 53 户占地群众签交《交还集体土地承诺书》的结果，及时在村里进行了公告。

还想公告一下具体谁签了谁没签的名单，郑支书没有同意。他担心公告出去惹恼了没签字的那 9 户，想再去做做他们的工作。那几户是重点户，他很重视他们的意见。

重大事项公告，保证事事公开，是我们写在方案里的一个工作原则。

很多时候，人们做工作时不习惯、不擅于或者不愿意公开，办什么事总是遮遮掩掩的，故作神秘。两年来走东家串西家，跟群众走得近了，发现群众的许多意见都是因为信息不对称，对真实情况不了解，再加上主观猜测、道听途说才导致的。踏在邹家寨这块土地上，我知道信息公开对于工作的重要性。所以，收地一开始我就要求公开，所有的工作环节、重要步骤、工作结果一律向群众公开，让群众了解，进而理解。同时这样也可以挤占掉少数人蛊惑煽动、无事生非的空间。

还有一条工作原则，虽然也写在工作方案里了，但前期落实得不够好，就是公开征求群众意见。

在工作组的会议上，我提出来过，没有得到重视。我提议设一个意见箱，钉一个意见本，建立一个意见征集制度。大家泛泛议了议，有些不以为然。这件事当时虽然也写在《收地公告》里了，但大家没有真正当回事。对此，我也没有硬坚持。

通过这三天挨家挨户走访占地群众，觉得这还真得当个事。

村子里群众纷纷攘攘的好像意见很多，其实也就是三个方面，归结起来就是过去、现在和将来：一、过去，对以往干部的一些做法有意见；二、现在，对现在村里的一些做法不满意；三、将来，对地收回来以后的管理问题有担忧。大家也提到一些具体事情，听起来很多很杂，但绝大多数一解释就清楚了。关键是得给群众一个能够畅所欲言地反映意见和提出诉求的渠道。

意见得靠疏导，而不能靠堵塞。疏导能够解决大部分问题，而堵塞往往此起彼伏，越堵越多。收地是个矛盾集中的活儿，意见在所难免。同时，因为对收地不满意，也会连带起其他这样那样的问题。前期听到的那三方面的意见，其中相当一部分跟收地就毫无关系，只是有人心中不满，发泄发泄。还有的是为了摆出一大堆问题，把水搅浑，让我们或者顾此失彼，穷于应付，或者心生畏惧，望而却步，最终收不成地。但是即使是这种情况，也得让人家说出来，有个正常的表达和宣泄途径。

意见，正式提出来是意见，暗流涌动就可能形成谣言，甚至引发群体性事件。有人扬言说：地要收回去，看谁敢去租？谁敢租，人家黄守一一家三口就死在他地里头！

听到这个消息，我又来到守一家。我就是想告诉他，让他明白明白，那些想阻止收地的人是在利用他，不惜利用他的健康和生命。

他听了，并没有像我想的那样激动。也许是脑子有病了，一下子没有反应过来，抑或心里激动，面上没让我看出来。

拉住他的手，凉凉的。试试另一只手，也是凉的。老伴说这些日子以来一直就是这样。我给他掖了掖被子，有些后悔来跟他翻腾这些话。即使再不好，毕竟是生了病的老人了。

这时，又有人来了，见我在，前言不搭后语地搭讪了几句就走了。

"还是循环不好啊！"我劝守一道，"看你，身体都这样了，还管他们那些事干啥？都放下吧，安心养养身体。身体是第一位的。至于他们那些事，不用多管了。如果身体不行，一激动又躺倒了，谁管你呀？就是你真有道理，没个好身体，你能管得了吗？"

他并不理会我的劝解，挣扎着抬起半个身子说："我还要为邹家寨人民坚持真理。"

我有些无奈，一股苍凉从心头掠过。

他的思想没有通。但看得出来，他对我没有敌意。他对我们工作队的同志都没有敌意。去年冬天他生病住院期间，耿平和书记、彩霞队长和小亮他们跑前跑后地去医院看了好几遍。对工作队，他是认可的。只是几十年形成的观念很难改变。

一位党员早晨起来在家门口捡到半张撕得残缺不全的电光纸片，上面是用中性笔写的字。其他人也有捡到类似的东西的。我比对着认真看了，大体意思是让占地的人去村委集中，去跟工作组讨个说法。这应该是个别人暗中煽动大家，搞串联用的。

我跟老支书交换了意见，老人抽了一口烟，淡淡地说："不是没有敢公开站出来吗？不用管它。"

我佩服老干部的淡定。这一点恰恰是一些年轻干部身上所缺乏的。

对这些流言蜚语，不用去理它，但有必要给大家提个醒，对不怀好意的人告诫一下，刹一刹歪风，对来信来访制度也有必要专门强调一下。

为此，小亮贴出了我们的第 8 号工作公告。

集中收回村集体土地工作公告第 8 号

关于在收地工作中认真听取群众意见的公告

村民同志们：

集中收回村集体土地工作启动以来，有许多同志针对村里的实际情况提出了很好的意见和建议。感谢大家的支持！

为了广泛听取群众意见，充分吸收群众智慧，共同把这件好事办好，工作组在村委对面设立了意见箱，同时确定郑青书记和马彩霞队长负责接待群众的来信来访，全面听取大家的意见建议和问题反映。大家有什么问题，对收地工作有什么意见和建议，请及时反映。

近日，也发现个别同志不按正常途径反映问题，私下煽动群众，散布一些不利于团结、不利于工作的言论，甚至拿第三方群众一家三口的健康和生命为话题威胁群众。对这种不负责任、不尊重他人、造谣滋事的行为，我们坚决反对，绝不姑息。希望上述同志认清形势，明辨是非，遵纪守法，在公众利益面前能够把小家庭的利益放一放，出于公心说话，和邹家寨大部分群众站在一起，保护自己的名誉和形象。同时也希望广大村民同志们在大是大非面前，擦亮眼睛，坚持正义，依法维护自己的合法权益。

反映问题时，请明确说明反映的具体事实、具体要求和具体意见、建议，工作组将认真对待，认真研究，认真落实。对没有具体事实、具体要求或一般性宣泄情绪的反映，将不予记录、落实。

集中收回集体土地工作组
二〇一九年三月十四日

第 8 号公告贴出去以后，直到收地结束，来正式反映问题的人寥寥无几。

事情就是这样，当我们敞开胸怀接纳各方面的意见的时候，私底下的风言风语反而烟消云散了。

29

工作进展到这一步，地能不能收成仍然有很大不确定性。

在街上遇到黄春生，他把我拽到一边，拉住我的手叮嘱说："这一次可一定得弄成啊！"是鼓励，更是担忧。

黄学贵是共产党员。收工回来，专门找到我说："李主任你好好干，不用怕，我们支持你！"

在党员会议上，我曾经信誓旦旦："地一天不收回，我一天不走。地一收回，我一天不留！"余音犹在。

我是认了真的。但群众能够相信多少？我，不过是一名下乡扶贫干部，而且在这之前我主张的收地已经半途而废过一次，群众凭什么相信我这一次就能干成？

我们说，群众对干部不信任。如果对群众的承诺不能兑现，群众能够相信我们吗？换个位置，如果我们是群众，我们会相信吗？

收地，工作组内部也有人不信。会议上表决心是表决心，真正遇到实际问题，各种情绪像浓浓的团雾立马升腾起来。

几天来，有四个问题从各个角落冒了出来，在各个不同的场合碰撞、聚集，形成了四大焦点：

有人已经在抢来的地里盖了养鸡场，怎么办？

有人已经在抢来的地里建起了蔬菜大棚，怎么办？

有人已经往抢来的地里拉上粪了，怎么办？

有人提出考虑房屋安全因素，要求继续耕种自家房屋后面的集体土地，怎么办？

在抢来的地上建养鸡场的有4户。这4户既是村里致富的能人，也是抢地的最大受益者。说起收地，自然是很不满意，家家对立情绪都很大。有人说，鸡场反正是已经盖起来了，要收地，那大队就把鸡场折成钱收购回去吧，反正这两年行情不好，养鸡也不挣钱。有人说，谁敢收我鸡场，我跟他没完！听说其中有一户曾经办过个体养殖户的正式手续，走访的时候我们提出拿来看一看，他态度激烈，一口回绝。

这是第一轮调查走访前后的情况。在第二轮马当先和秀丽他们去走访签订《承诺书》的时候，4户竟然谁都没有再提起养鸡场的事。几家的态度都是反正鸡场是摆在那里了，你们看该怎么办吧，一副死猪不怕开水烫的架势。

在村委闲聊时，有人提议，能不能让他们按占地面积每年给村里交点租金，这样对大家也是个交代。会计贵保有顾虑："前两年的时候养鸡挣钱，还好办。这两年养鸡不怎么挣钱了，让人家交，人家谁会交？！"可是，地是抢占公家的，养鸡是他们的自主行为，难道能效益好了就交一点，效益不好就不交吗？会计直摇头："李主任啊，这是农村！谁跟你说这个理啊？"

去年旱地西红柿市场行情不错，村里有几户开始发展春秋大棚。用大棚种西红柿，品质会更好一些，市场走俏，效益也会更好。盖大棚的时候，马彩霞他们还作为发展产业的新动向在下乡群里作了宣传。盖大棚的几户中，方平和红斌两家的大棚是在抢来的地里盖的。冬天刚刚盖起来，还没有一分钱收益。"要想收地，门儿都没有！"两家咬牙切齿，态度强硬。郑支书去找他们个别沟通了一次，回来说让他们再种一两年大棚，挣上一两年钱，然后再收回来。

我不同意。我了解的情况是，很多群众都在盯着他们。如果红斌、方平因为盖了大棚不交地，没有盖大棚的人也不会交。有人会说，那我也赶紧去地里盖个大棚，我也别交了。我把这些道理跟郑支书讲了，他听不进去，"人家盖一个大棚好几万，如果现在收了，人家还不得来跟咱拼命啊？"贵保也在一旁直摇头。

我知道他们更多的是考虑稳定，怕一旦乱起来不好收拾。而有个别人就是瞅准了他们这个软肋，有意给他们施加压力。随着工作的深入，发现方平的阴沉、富有心计和软磨硬泡、对抗到底的决心远非黄守一父子可比，这让有些同志更有些怯。可是，把多数人的利益放在一边，一味妥协，就能换来稳定吗？地被抢了九年了，矛盾错综复杂，告状层出不穷，有过一年的稳定吗？稳定的前提是公平，是坚持原则，是依法办事。坚持原则才能真正稳定，而不是靠妥协退让来换取稳定。我这样想。

邹家寨的人们勤快、惜地，有几户去年秋后就往地里送了粪。量地的时候我们见了，在地里一小堆、一小堆的，还没有摊开。于是有人趁机提出，去年往地里拉粪的时候没有人说要收地，现在粪既然已经拉进去了，必须得让自己再种一年，明年再交地。不然，粪怎么办？！这种观点在工作组内部也有一定市场。这是我们遇到的第三个难题。

第四个问题，就是房屋安全。前两天去方平家走访的时候，他既没有说鸡场的事，也没有提自家的大棚，而是颇有章法地说起自己房子背后那块地。说如果不能解决那块地的问题，他拒绝签《承诺书》。我们随他去房后看了，离房后墙三米远是一块高高的平地，平平展展的，有一两亩大，也是他当初抢来的。方平的主张是，如果收回去给了别人种，别人处理不好下雨走水的话，地里的水冲下来一定会影响他的房屋安全，将来会有生不完的气。所以，他要求继续耕种自家屋后的地，该出租金可以出一点租金。当时在场的另一户也有类似的情况，也附和这种观点。"如果不让我种，那将来出了问题大队得包赔，得给我写下保证书。"

　　这四个问题像四只拦路虎，硬生生地拦在了面前，既无法回避，也无法跨越。跟这四只拦路虎相比，枝枝杈杈的其他问题不过是些小狗小猫、小鱼小虾。

　　四个问题的后面，是一双双询问、疑惑、观望的眼睛。

　　四个问题中的任何一个解决不好，都足以打开一个潘多拉的盒子，让收地计划瞬间土崩瓦解。

　　而且，这四个问题很密集地指向一个利益群体，就是以四户养鸡户为核心的团队。

　　这是一个对收地很抵触的团队，都是一些村里的"厉害人"。收地，直接影响到了他们的切身利益。一般人家抢了地，种点玉米、杂粮什么的，好的地块种点西红柿，一年管一年，没有什么长远的打算。好些群众也知道抢来的东西长久不了，有些等待观望、得过且过的意味，讨一年便宜算一年。可他们几个不一样，在抢来的地上修建了养鸡场，有的还建了大棚，很有一股造成既成事实，长期占有的架势。地是公家的不假，但这么多年过去了都没怎么样，也就是自己的了，而且永远是自己的了。讨惯了公家的便宜，就有些讨得心安理得。地，不仅仅是简单占有，而且要扩大再生产，让它产生更大的单位效益。这次工作组要收地，不亚于从自家碗里往外捞肉，他们心疼肉疼，自发地结成了一个反对联盟。前年春天，刚刚在村里透出些收地的风声，方平就借故主动找到我们，宣示了地绝不可能收回的强硬态度。那时我对他们的态度就有所了解。这些日子的走访中又听了群众的各种反映，对他们的抵触就更有了心理预期。

　　这个团队表面上不多对抗，却在暗中起作用。我几次去守一家走访，几乎每一次都会遇到他们中有人去串门。见我在，稍坐一会儿就借故走了。我走访的户不少，唯独在守一家有这种情况。我心里清楚，串门探望是个幌子，这都是来找守一问计的。我提醒守一说，是来找你商量对付我们的办法的。你年纪大了，安心养病，养好身体，不要再被他们利用了。守一点头答应。守一病了，出不了门了。如果他身体没事，十有八九是会被他们怂恿去挑头告状的。告状的花费当然是他们几个给出。以往告状也都是这么操作的。前天撺掇一名退休回乡的老工人专门找到电视台记者唱反调，也是他们的杰作。

有一天见那位老工人跟一帮老人在村中央台阶上晒太阳，我和马当先专门走过去找到他，提醒他不要被人利用，做出违背大家伙意愿的事来。老师傅很不好意思，连连摆手说不了、不了。有群众说，暗地里散发小纸条煽动串联闹事也是那几户，不知道到底是不是。尤其方平，既精明，富有心机，又强悍，敢于挑事，是他们几家的"精神领袖"，是反对者联盟的实际"盟主"。这个团队在村里举足轻重，不容忽视。大部分群众知道他们"能耐"，但看不上他们的德行，话里话外颇有微词。

黄方平是村里的管水员，借口一个水龙头坏了，就能让村西三十多户人家停水一个多月。那次还是当时的第一书记小晋同志自己掏钱买来新水龙头给了方平，才解决了问题。

这个团队中没有一名共产党员，好像有两个村民代表，开了几次会，只见过其中一个。但这并不意味着他们只顾埋头发展经济，不参与村里的事务。事实上，涉及自身利益的事，他们都会很及时地摆在村委的桌面上，而有些干部往往也很看重他们的意见。这是村里的实力派，他们对发展经济的带动作用不容忽视，他们对村干部的影响不容忽视，同时，他们在收地中抵触、阻挠、破坏的负面影响同样不容忽视。

相比之下，秋喜、有志他们不过是对将失去到手多年的既得利益心里不满意，逞一时之气、匹夫之勇，远不及他们几户有城府、有心计、有影响力。因为他们的这种态度，其他几户不愿意交地的群众也很自然地跟他们搅和在一起，形成了一种势力。

平心而论，他们不是坏人。参与抢地的群众也不是坏人。当时那种状况，也有它的历史原因，我们不能再去纠缠当初的是与非。强化乡村治理，就是建立各种规矩，不让当初那种不恰当的局面再出现。但是在现阶段，反对收地，就是错误的，就是我们要展开工作的重点对象。

我们在村里走访的时候，迎面遇上几个妇女，清一色的是反对收地的这几户的女主人，说天气暖和了，一起去找黄建红主任借音响，准备跳广场舞去。活跃乡村文化生活是好事，我们很赞同，还鼓励了几句。回头就有消息传过来，说她们去找建红主任了不假，但不是借什么音响，是组团去做建红的工作了，想让他放弃收地。

马彩霞队长夜里住村，几户养鸡户找到宿舍里跟她一起唠到很晚。总而言之就是一句话：收地，不行；要收地，没门儿！

30

有时候心里有些困惑。

收地毫无疑问是顺乎民意的好事，老百姓很欢迎，赞成的人是绝大多数。但在看到胜利的曙光之前，他们并不会站出来，跟你站在一起。倒是反对的人，虽然人数不多，却几乎齐刷刷虎视眈眈地列队横在你的面前。

在工作组内部，对收地这件事本身没有分歧，但到了具体措施上，郑支书和贵保几乎很明确地站在抵触团队的一边，处处反映了他们的意愿。担心如果不能满足他们的要求，他们会闹事。这种担心反映在处理事情的态度上，就是投鼠忌器，患得患失，同时千方百计为这几户的利益说话。

没有签《承诺书》的一共有9户，除了守一父子和秋喜这3户是众所周知的摆在明面的公开反对，另有2户是有点其他诉求要求解决以外，再就是4户养鸡专业户了。之前腾云驾雾般挂在一些人嘴上的"邹家寨所有人民的利益"，通过对全村的全覆盖调查和对所有占地户签《承诺书》的无死角走访，已经明确定位为这几户的利益，再没有了高大上的华丽外衣。而且是这几户的具体什么利益，他们到底想干什么，也已经清清楚楚、明明白白地摆在了大家面前。这几户虽然强悍，但在村里是极少数，形不成主流。虽然不能排除他们挑动群众闹事的可能，可在目前的情况下，事事讲民主、讲公开，他们煽动、蛊惑群众的空间已经很小了。而他们的态度也由以前的沿街叫骂、公开对抗转向背地里的小打小闹。对这种状况，老百姓心里都敞亮敞亮的。

"关键是这几户。这几户如果处理不好，是要告状、要闹事的。"都到了这个时候了，有的村干部还这样说。我有些恼了。

是的，这些年来，的确有这样一些人，一旦不能满足自己的个人愿望就上访、就闹事，就千方百计找事，搅和得你啥也干不成。这是现阶段的一种客观存在，我深有感受。在我们工作队里，大家都是受党教育多年的机关干部，有的还是共产党员、中层领导，还难免有这样的人，何况是老百姓呢？

如果收地冲撞了这几个关键户的利益，他们会去闹事，会去有关部门告我的状，我毫不怀疑。前几天有群众听到些风言风语，专门找来告诉我说，有人在背后扬言，我（收地）不让他们好好活，他们也不让我好好活，要到纪检委告我去。

但是，因为个别人厉害、难缠，有实力、有势力，会告状、敢闹事，我们就得格外关注他们，就得围着他们转，一再妥协、一再让步，想办法满足他们的欲望，以求得他们的满意吗？而因为大多数老百姓善良、老实，顾全大局，不找事，不闹事，我们就可以把他们撇在一边不管不顾、不考虑他们的诉求吗？

如果那样的话，那我们到底是为谁服务的？我们到底代表了谁的利益？

在上一次的党员会议上，我对大家说："我是共产党员。我不想伤害任何人的利益。只要有可能，我愿意为全村所有人的利益说话。但是，如果利益无法统一，矛盾无法调和，必须做出选择的话，我选择为绝大多数人说话。因为，我是共产党员。"这是我的真实想法。也是我对党的宗旨的认识。

站在什么立场，决定你看问题的观点。持什么观点，决定你解决问题的方法。这其中，最重要、最基础的是立场。立场，绝不是一个抽象的概念，而是实实在在的工作站位。立场偏了，观点一定会有偏差，处理问题的方法一定会偏离得更远。

我们说要站稳立场，有群众观念，走群众路线，不是一句简单的空话。立场的问题一点都不虚幻。它像一个实实在在的标杆，标示着我们的思想意识和价值取向；又像一面风中的旗帜，从飘摆的方向和幅度可以测出人心的向背。

郑支书的观点，与贵保如出一辙。他尊重我是个老同志，没有跟我争执，但看得出，思想上并没有真正想通。

建红主任为了维护班子团结，又一次选择了沉默。见三大主干这样，另两个支委也不好多表态。其他两名没在家的村干部，一个平时联系很少，对村里的事也很少发表意见，另一个虽然很支持我的观点，但最近有事回不来，远水解不了近渴。

在工作队里呢，耿平和书记善良、亲民，为人随和，跟群众感情很好，就是关键时候不敢明确表态，有和稀泥、当老好人倾向。马彩霞队长作风强悍，有股子泼辣劲儿，但与那几个反对收地的重点户交往密切，陷在他们的包围圈里，思想突围不出来。因为抽调了马当先和文秀丽来帮忙收地，她思想上有抵触，已经很不冷静地表现出几次不友好。小亮同志年轻肯干，品格刚正，非常支持我的工作，这次收地也不例外。可我在邹家寨是临时的，既不是当家人，也不是掌柜的，顶多算个跑堂的，完成收地工作就要走。这样，我可以直来直去，怎么想就怎么说。而小亮同志还需要长期在邹家寨工作下去，直至脱贫攻坚任务彻底完成。在表态上，他不能不考虑别人的态度和今后的工作环境。我感激他对我的真心支持，也真心理解他的处境。

工作队不算我三个人，眼下就是这种思想状况，让工作队全力支持我，似乎也不太现实。

剩下的就是请来帮忙的马当先和文秀丽了。他们对我工作的支持态度明确，从没有动摇过。这既是出于多年来共同工作建立起来的信任关系，也是出于弘扬正风正气、重塑公平正义的一腔正义。他们旗帜鲜明，义无反顾。但由于他们既不是邹家寨工作队的人，也不是收地工作组的成员，他们的意见与大家相同的时候别人还能听得进去，意见相左的时候，就有些受排斥。尤其是马彩霞，恨不得立马一巴掌把他们打出村去。

这样，在收地工作组这个群体里，我再度陷入孤立。

反对收地的人们精心设计出来的四个硬邦邦的问题，把工作拖进了沼泽地。任何一个问题解决不好，都是收地工作的休止符。而领导收地工作的工作组里意见不统一，一时间形不成合力。

进，困难重重，且孤掌难鸣。

退，一泻千里，将难以收拾。

31

四个问题，四道障碍，四只蹲在绊脚石上的拦路虎。

怎么办？

调查研究，问计于群众。

要办好群众的事情，必须听听群众的意见。前路茫茫，除了走群众路线，虚心向群众讨教，到群众中去寻求打破僵局的策略之外，再没有别的办法。

15日晚九点，我们在邹家寨村民微信群里发了一条消息：

> 村民同志们：
>
> 　　后天，村两委、全体党员、收地工作组将召开联席会议，研究收地工作中群众关注度高的以下四个问题的处理意见：
>
> 　　1. 在占用的土地上盖了鸡舍的；
>
> 　　2. 在占用的土地上建了大棚的；
>
> 　　3. 在收地公告贴出之前已经往占用的土地里拉上粪的；
>
> 　　4. 请求继续耕种自家房屋后面的集体土地的。
>
> 　　对以上问题，请大家用微信、短信、电话、投意见箱等方式提出自己的意见和建议。热线电话：××××××××××××

人民群众中蕴藏着巨大的精神财富。在和群众的反复交谈中，解决问题的思路拨云见日，渐渐清晰了起来。

思路有了，怎么办？

开会，集体研究，民主决策，形成统一意见。

而且，上次党员会议后的一个星期以来发生了许多事，也需要统一一下思想，好集中力量，开展下一步工作。

研究这四个问题的会议会是一块硬骨头，必须由我来主持。

32

3月17日午饭后，工作组和党员联席会议召开。

我先给大家报告了3月9日以来的工作进展情况：

"3月13日，工作组和老干部代表一道对所有被抢占的土地进行了丈量、等级核定和造册登记，结果是……

"11日、12日、14日三天，受工作组委托，马当先、文秀丽和小亮三位同志对53户占地群众进行了无死角、全覆盖的走访摸底。有44户群众当场签了《交还集体土地承诺书》，表达了愿意响应村里号召，依法依规交还占用土地的良好愿望。这些《承诺书》由接收方代表黄建红同志签字后，加盖接收方村委会的公章，已经正式归档。这44户占有的土地已经在双方平等自愿的基础上，全部收回。另有9户没有签《承诺书》。没有签的那些户占有的土地，按照《收地公告》，经3月13日丈量以后，也已视为收回。

"没有签《承诺书》的9户里面，态度比较激烈，对收地极不满意，但没有什么具体要求的有黄守一、黄有志和黄秋喜三户。

"因为有些涉及自己的历史遗留问题没有解决，对收地有意见，但表示既不签字，也不闹事，希望村里能对多年以前集体修路占用自己的土地予以补偿的1户。

"最后有5户，其中包括4户养鸡户，都提出了一些具体问题，表示这些问题不解决，就不签《承诺书》、就不交地。这些问题，加上其他群众提出来的问题，归纳起来主要是四个，就是咱们前天在微信群里公开征求群众意见的那四个问题：盖了鸡场的、盖了大棚的、拉进粪的、要占房屋后面的地保护自家房屋安全的。对这些问题，一会儿咱们讨论讨论，商量个解决办法。

"在走访中，我有点纳闷儿：四户养鸡户，没有一户提到自己盖的鸡场该怎么办，会不会被拆掉。异口同声，非常默契。咱们把鸡场问题作为四个问题之一提出来，是综合了其他干部群众的意见才归纳进来的。作为这个问题的当事人，四户似乎对这个问题毫不关心，没有一个人提起来一句。

"这是为什么？

"在抢来的地里盖上养鸡场，就盖得这样理直气壮、心安理得？在酝酿收地阶段，黄方平还专门找来，试探着说要把鸡场折价卖给大队，让大队看着办。估计他是认为眼下养鸡行情不好，没有人肯接手，提出来交给大队，给咱们出个难题，以此要挟一把。可现在呢？临到真要收了，怎么反而一句话都不说了？而且是四户养鸡户集体闭口，谁都不说一句。

"为什么呢？

"答案就是这几户群众心里有底了。他们知道我们这一次收地不会去拆他们的鸡场了。他们吃了定心丸了。

"吃了不拆鸡场的定心丸，按下这个问题不谈，又提出了其他一系列问题。"

这些问题，真的是问题吗？

也不尽然。提出问题不一定就是为了解决问题，更大意义上是为了阻挠收地，废掉收地的计划。这才是问题背后的实质。先是以为收地只是说说而已，喊喊口号就算了。后来看到要动真格的了，马上抛出鸡场的问题，把矛盾扔给村委去处理，看你敢不敢拆。鸡场是个难题。拆和不拆两难。拆了，造成财产损失，四户会激烈反对，村委面临压力。不拆，收地不彻底，群众不满意，村委同样会面临压力。他们希望鸡场问题能让我们知难而退，草草收兵。结果我们私下商量，把鸡场搁置起来先不动，村委不去主动拆，让几家按占地面积出了租金暂且还用着，如果将来有政策要求拆除，再按上级政策处理。这是我们内部非正式讨论的结果，没有形成最后意见。有人私下把这个意见传了出去。这才有人又接连抛出了后面的一系列问题，步步为营，难度系数一个比一个大。任何一个解决不好，对收地工作都是致命的打击。

四个问题是绊脚石，是拦路虎，是雷区。四个问题的后面是激流，是险滩，是暗礁。

这是我想到的，还不能公开说，眼下只能沉下心来，就事论事，跟大家一起商量解决四个问题的办法。

"问题既然提出来了，就得认真解决。但是，"我加重语气提醒大家道，"今后咱们内部研究的问题，在没有形成正式结论以前，请大家不要再透露出去，以免给工作造成不必要的麻烦。一旦研究定了，形成统一意见了，再好好地宣传给大家，让群众都知道。这一点请大家一定注意！该宣传的时候要好好宣传，该保密的时候一定要保密。"

这不是捕风捉影。因为收地的事已经成了邹家寨最大的事，大家都比较关注。也时不时有人通过各种途径来打探消息，了解情况。工作组里有个别同志把没有经过研究的个人意见，或者虽然研究过，但还没有形成结论的意见透露给了少数群众，在群众中已经造成了一些误解。近日来，有党员和群众提醒过我们好几次。所以我想就这个机会在会议上正式强调一下。工作有工作的规矩，得步调一致。该宣传的时候，一定得大力宣传，让大家都知道。而不该说的话，一定不能漫无边际地瞎咧咧。那样既不利于工作，也让群众在背后笑话。

"通过这一个时期的工作，重点问题和重点人员都浮出了水面。这也是我们下一步工作必须解决的问题和必须关注的重点。

"看起来，反对收地的力量还不小，除了有志、秋喜他们几个是不分青红皂白跳出来反对以外，背后有抬出退休老人来找派出所、电视台唱反调的，有造谣生事说工作队私下里给了老支书钱的，有写小纸条密谋串联闹事的，还有威胁群众地收回来谁也不许去承包，否则有人要死在他地里头的，等等。"

"有些人歹毒啊！你说，你要阻拦收地，你要以死相要挟，为啥不说你自己去死在地里，要让别人死在地里？别人的生命在你嘴里就那么不值钱吗？"

是的，我用了"歹毒"这个词，有些重。相信很快会有人把这个词和我的态度传递给"歹毒"的人。这也是我所希望的。希望他们听到了能收敛一些，不要再做出格的事。

"这说明了什么？说明收地这件事的确触动了一部分人的利益，遭到了反抗。地毕竟是抢的，公开反抗不行，理由摆不上桌面，背地里也要给你找点事，搅和得你干不下去，草草收场。这是反对收地这一方的态度。

"而支持的一方呢，也让我们信心十足。我们走访到的党员同志，特别是在村里当过干部的同志们，无一例外地坚决支持。这种政治素质、高风亮节，令人感动。有些同志自己家也占有一些土地，二话不说，立马签字交回。有的同志不但交了自己的，还主动说服动员自己的亲戚，让大家都响应村里的倡议，交还集体土地。许多群众，通过各种途径，表达自己的意见，给收地工作出了许多好主意。收地工作组、村两委排除困难积极推进工作。抽调来帮助工作的马当先、文秀丽两位同志任劳任怨，恪尽职守。这些，都是我们做好这项工作的底气。因为有大家的支持，我们的工作一定能够成功！"

"接下来怎么办？

"三句话：坚定信念，克服困难，坚决推进。

"坚定信念,就要不手软、不妥协,一抓到底。不能左顾右盼,不能患得患失,除了成功我们再没有别的选择。

"说到克服困难,困难还真不少。收地是要把被少数人占有多年的土地拿回来还给集体,还利于民,这必然会剥夺少数人的既得利益。大家不敢小看这少数人啊!这少数人人数虽然不多,但能量大,都是村里的能人,有些还是多年以来在方方面面都很厉害、很吃得开的人。他们有头脑、有实力,发展经济有一套,在村里也有一定的影响力,挺有话语权。但在收地问题上他们不满意,不高兴,随时有可能会找事,会想办法阻挠,破坏性也很大。前面我们也看见了,那些各种小动作,我侧面了解了一下,基本都是他们几个暗地里做的,目的就是阻挠收地。因为有他们在背后的坚决阻挠,我们一些干部同志们也产生了畏难情绪。这是现实存在的困难,没办法回避,必须克服。

"前面说的四个问题很真切,很具体。这些问题不解决,收地就进行不下去;解决得不好,收地也会失败。怎样恰如其分地解决好,既化解矛盾,又顺乎民意,对我们是一个考验。同时呢,收地在咱村是一个老话题,但实际操作起来又是一个新问题,没有现成的路子可循,一切都得摸着石头过河。既需要勇敢面对,还必须得谨慎应对。这也是我们面临的困难。

"这些困难,每一个都必须得有回应、有办法、有结果。这是我说的第二句话,克服困难。"

因为工作组里同志们的意见不统一,感受到了困难和压力,我才坚持召开今天这个会,让党员同志们都来谈谈,集思广益,最后表决形成集体意见。

"第三句话,坚决推进。就是说,我们的目标,十天以内,完成土地招标,不能误了今年种地。这一点要坚决,坚决推进,坚决完成,不能动摇。"

郑支书今天的发言也比较中肯。他年纪轻,群众工作经验不足,听不到群众更多、更真实的声音。郑支书工作出发点没有大问题。刚开始不愿意涉足这个矛盾窝,一旦开了始,也是在想方设法积极地推进。这几天,他上上下下跑了好几家县里的职能部门,了解政策,研究方法,又发挥自己的法律专长,着手起草土地承包合同,做了很多工作。

建红主任依然没有多讲话。他忠厚,言语不多,总是在默默干活。因为过于低调,不多计较,个别同志不知深浅,言语上对他不太尊重。他是村委主任,又是收地工作组的副组长,所以每次开会我都刻意把他叫到前面,让他跟我和郑支书并排坐在一起。

开始讨论之前，我重申了会议纪律：四个问题，一个一个过。民主讨论，逐一发言，充分、独立地发表自己的意见，不抢话、不争吵、不辩论。同时，我再次强调，会后不准泄露会上每个人的态度和发言内容，以免挑起矛盾，造成新的不团结。

四个问题，我们先从养鸡场开始。

老支书黄长义率先发言，他说，地是抢的，鸡场是在抢来的地上盖的，没有手续，按道理是不合规。但鸡场已经盖起来了，为了发展生产，养鸡户出点租金，保留一两年，限期拆除也行。"但是，"老人正色道，"如果抢了地还要煽动群众闹事，耍厉害的话，就给他拆了也可以。"老人狠抽了一口烟，"不能再助长不良风气了。"

黄学贵老人说，还是坚持上次谈到的意见，先保留下鸡场，让他们按土地分类等级出租金。拆除的话，涉及环保和土地部门，如果这些部门要求拆除，那再按要求办。这一次咱们不主动去拆。

他们的发言基本代表了大家的意见。

会计贵保也表示：鸡场是当时在混乱中形成的既成事实，需要一步一步来。先保留下，到时候需要按政策办，就按政策来。这样可以减少阻力。

专门征求了马当先和秀丽的意见，他俩也同意大家的意见。

秀丽善于思考，结合走访中遇到的实际问题，发言道："我再谈一个总体工作的事，就是我们对收地的目标是不是清楚？从占地群众的反馈来看，收地工作的重点和难点是占地多的大户，是个别户，是少数人。而除了这几户以外的大多数户都同意收。其他几十户没有占地的群众更赞成收回来。所以赞成收地是主流。收地得坚持人民立场。把鸡场拆了，有人觉得可惜，毕竟已经花了那么多钱建起来了。但是善良和同情并不代表正义和合法。盖鸡场肯定是不对的，不拆，是大家对他们的照顾，几户养鸡户应该感激，而不是本来就不该拆、就不能拆。这是个立场问题。还有，得注意口风，不能把个人意见当成集体意见对群众表态，这样很被动。就像李主任刚才说的，会议形成集体意见，再向群众公告。没有研究过的事，或者还在商量阶段的事，不能有意无意向群众透露或随便表态。"

她的发言很实在，也很现实，我深以为然。她是有感而发。估计也是看到或听到了一些情况，想说出来给大家提个醒。这就是秀丽的风格，直率、认真、肯思考、有主意，有一说一。

听了大家的发言，郑支书也同意先让几户养殖户跟大队签个合同，交点租金，保留下鸡场，留待以后解决。

鸡场问题讨论结果：十八位同志一致同意暂不予拆除，按照占用地块的等级和面积订立合同，交租金，暂且继续使用。

第一个问题顺利通过。

"第二个问题，我们研究一下有人为了保护自家房屋安全，要求继续种植自己房屋后面的土地的问题。"

郑支书在一旁轻轻提醒我该先研究大棚的问题，我告诉他那个最后再说。

我留了一个心眼儿。根据我了解的情况，四个问题中大棚的问题最棘手。我想把它放在最后。先把相对容易的三个解决了，最后攻那道难题。这样，退一步说，即使大棚问题形不成最后意见，也不至于拦绊住其他问题，工作还能继续往下做。免得乱哄哄研究了一通，一个问题卡住走不下去，后面的几个问题哪个也解决不了。

对继续占用自家房后地的问题，包括我在内的十三位同志坚决不支持，认为这种要求的目的还是为了占地，不合理。大家认为各家后墙距离耕地都在两三米以上，不存在什么排水安全。"而且，地是早就摆在那里的，而房屋是后来盖的。又不是你先盖了房子，人家才把地给搬到你房后的。如果有安全问题，当初你盖的时候就应该拉开些距离呀，为啥偏偏要收地了，才提出这么个要求？"有同志这样说。

提出这个要求的是黄方平他们2户，但自己房屋背后有抢来的集体土地的有11户。如果答应了方平他们这2户，那就得11户全答应。答应了这11户继续占地，其他各种问题必然井喷，收地计划立马崩溃。这是我最担心的。

郑支书、贵保等四位同志也不支持用这个理由占地，但考虑到2户的实际诉求，建议收回来以后把他们房后的地往后再闪开两米不要耕种，给几户留出个安全线，也给人家留个面子。

马彩霞表示对这个问题不太了解，弃权。

我不同意往后闪出两米的意见，提议土地收回以后，在村委与承包户签订合同的时候，把"承包人需注意排水问题，不得影响周边房屋安全"作为一个条款，在合同书里做专门提示。将来如果真发生了此类问题，由承包人和房主按民事纠纷协商解决，村委可以从中积极协调。

大家表示可以。

第二个问题通过。

对第三个问题的讨论也比较顺利。个别群众已经往地里拉上了粪，不能成为继续占地耕种的理由。村里不能开这个口子，这个口子一开，互相攀比，已经买了竹竿的、已经订了秧苗的、已经买下化肥的……各种问题都有可能冒出来，同样收拾不住。最后议定，不支持因粪占地。拉进粪的家户如果愿意起走，优先支持其起走。如果不愿意，待整凹出租招标结束，产生承包人以后，由双方协商，承包人给予其一定补偿。第三个问题迎刃而解。

大棚问题是最后一个了，这是个难剃的头。

这在抢来的地里建蔬菜大棚涉及三户。其中方平和红斌的棚是刚建起来的新大棚，还没有用过。另一户的是个半截子小棚，前几年盖起来育秧苗用的。这之前，大棚的问题已经在村委的会议桌上，被商量了好几次，毫无结果。几番争论下来，一些同志"因为建棚投资较大，不能收回，需要让人家继续种"的主张几乎难以撬动。

"反正棚已经建起来了，看你们能怎么办？"建了大棚的人明明自己是当事人，却两手一摊，隔岸观火，把皮球踢给了工作组。工作组里郑书记、贵保和彩霞都认为收回来根本不可行，不让人家种也不可能，"人家投资了那么多，你让人家怎么办？""硬收，人家不会满意的！"

"让他们满意了，那大多数老百姓能满意吗？"我有些不悦。

"老百姓你不用管他们，那都是些老实人，不敢说个啥。"贵保们这样说。

听了这些话，我心里很难过。但我的难过打动不了他们几个。

对蔬菜大棚去留的讨论果然比其他问题艰难许多。

以老干部长义、学贵为代表的同志们坚决要求统一折价后由村委无条件收回。收回来以后或者单独承包出去，或者作为一个条件打包在大棚所在的凹里整体出租。建红主任也赞同这个办法。

马彩霞等两个同志不同意收回来，情绪很激动地说，鸡场是生产设施，大棚也是生产设施。既然鸡场能交点钱留下，大棚为什么不能让人家也交点租金继续种？话语间已经有点质问的口吻了。

主张收回的同志回答说，鸡场是固定设施，是不可移动的。而春秋大棚是可拆卸、可移动的。鸡场如果拆了，就是一堆砖头瓦块，是建筑垃圾。而大棚拆下来，移到其他地块安装起来还是一个完整的大棚，还可以用于生产，只是增加些拆卸和安装的费用而已。所以不能等同。

对有人"投资不好折价，没办法商量成一致意见"的说法，一位老干部吐了一口烟，淡淡地说："那好办。现在塑料膜还都没有铺上，数一数总共用了几根横梁、几根拱梁，问问市场价每根多少钱，材料费就有了。再问问安装的时候上了几个劳力，用了几个工，工钱就算出来了。不复杂。"

听了大家的发言，郑支书思想还是不通。他表示一起收回来是好，没有后患。但收回来以后如果整凹出租时没有人愿意要，怎么办？让承包人与建大棚的户协商，如果他们协商不成又怎么办？特别是，村里现在资金也很困难，总不能让村里拿出钱再去收购大棚吧？

见郑支书没理解大家的意思，秀丽认真地解释说，村委收回来并不是真正拿出现钱来收，而是折算个价格，名义上收回来，是虚拟的。等确定下这一凹土地的承包人以后，由承包人按这个价格补偿给建大棚的人。两不吃亏。

见不用村委出钱，郑支书稍放心些。当家难，在一个毫无集体收入的村里当家更难。

贵保很激动，几次想抢话都被大家用会议纪律给按下去了。现在终于轮到他发言了，他"腾"的一下站了起来，"要我说，现在要收回人家的大棚说得有些迟了，不理直气壮。在抢来的地上盖大棚不对，那盖的时候怎么不拦住？当时怎么不说人家不对？人家盖大棚的时候，村两委哪去了？大棚盖起来，村两委也有责任。村两委也不是就做得十全十美。"谈到收还是不收，贵保说："要依我说，收还是说收，但不真收回来。名义上说收回了，等整凹出租承包出去以后，做做承包人的工作，让人家建大棚的户再种上两年，明收暗不收。两年以后，再找机会正式收回来。"

马彩霞发言也坚持不同意收回来，"自己来邹家寨下乡快一年了，看到老百姓春夏秋冬忙忙碌碌的，不容易。建大棚的户都是村里发展经济的骨干，大棚就是村里的龙头产业。抢地虽然不对，但如果强行收回来，上升到党性原则的高度，是不是打击了群众的生产积极性，打击了邹家寨的经济发展啊？"

看来彩霞同志是有备而来，几句话说得振振有词，而且高度也有了，收回大棚不但打击了群众的生产积极性，还打击了邹家寨的经济发展，而且更不公平。

都发表完意见了，我接着彩霞的话头做最后发言："有同志担心收回大棚会打击了群众发展经济的积极性，会影响邹家寨的经济发展，我不同意这种说法。我们发展的是社会主义条件下的市场经济。既然是市场经济，就得主体平等，公平竞争。既然是社会主义，就不能按照丛林法则完全自由，弱肉强食，野蛮生长，就得有规有矩，在社会主义法治的轨道上公平竞争。是的，建大棚的几户是村里的能人，是村里发展经济的骨干不假，但是发展经济要在遵纪守法的前提下去发展。发展市场经济我们欢迎，也应该鼓励。但是，用抢来的地发展经济挣钱，用破坏社会秩序为代价去发展经济，我们宁肯不要。毁坏了村里的公平正义，让少部分人去占地挣钱，这能说是对的吗？今天我们下决心把少数人抢走的土地收回来，还给大家，还给集体，在公平有序的基础上发展扶贫产业，怎么能说是打击了群众的积极性、打击了经济发展呢？难道抢去的地不要收回来，任由集体资产被抢占，才是保护群众，才是党性原则？

"至于说，原来地抢了，好多户都参与了，好多户都种着，受益人数多，收回来再承包出去，只能承包给少数几个人，受益人数少，哪一个更公平的问题，我是这样想的。

"以前抢地的户多，占到全村总户数的 42%，表面上看人数不少。但是，谁抢谁不抢，抢多抢少，是完全不公平的。谁下手快，谁厉害，就抢得多一些。谁不厉害，或者胆小，或者没赶上，或者思想觉悟高，就一点也没有。这个过程是不公平的，结果也是不公平的，所以才造成了矛盾重重。现在集体的地集体收回来，再按合法的程序租出去，虽然只能租给少数几个人种，但全村百姓只要愿意，人人有报名机会，人人可以参与竞争。机会面前，人人平等，没有任何人能够剥夺他公平参与竞争的权利。到底哪一个更公平，不是很清楚吗？而且，收回租金来，是用于全村百姓分红或者村里公共事务，大家参与，人人有份，这难道不是最大的公平吗？

"集体的土地承包给几个能人大户，集中在少数能人手里经营，发展农业产业化，也符合国家土地流转的政策，是合法的。"

同志们频频点头。

"有同志说，村里做得也不好，当时没有及时制止人家盖大棚，所以就得

让人家先种两年。这没有道理。难道村里做得不好，没有做到十全十美，就得
听之任之，就得为别人的错误行为负责吗？当初抢地的时候，谁请示过村里？
明知道地是抢来的，还要在上面建大棚。盖大棚的时候，谁请示过村委？村委
有谁同意他们盖了吗？即使没有人出来阻拦，你还不知道地不是你的？你还不
知道是集体的地，不能在不属于自己的地里乱搭乱建，这还用谁提醒吗？在盖
大棚这件事上，错不在村委，他们几户是有过错的。如果因为收回来造成了一
些损失，那也是他们几户应该承担的过错责任！

　　"话说回来，毕竟投资建设也不容易，大家也体谅这几户的不容易。好几
个同志提出收回来以后，谁承包下这一凹了按实际投资价给建棚的户投资补偿。
这其实相当于让承包人买下他们的大棚。这样，建棚的人不受损失，承包的人
搞生产也能用得上，不浪费资源。这样挺好的。我也同意这个办法。我们不能
保证谁建了棚就一定得包他们受益，但应该尽量减少他们的损失。但是，已经
建了棚了，绝不是可以继续占地的理由！

　　"说协商协商让他们先种两年，两年以后收回，那是一句空话。如果今年
咱们下这么大决心，花这么大力气都收不回来的话，明年后年，郑支书、耿书
记挂职到期了，工作队也撤走了，谁还再沉下心来去收地呀？这么多年了，前
前后后闹腾了三四回，有结果吗？

　　"有同志说：'我们要最大限度地保护老百姓的利益。'这句话听起来没错。
但这个老百姓的利益得具体分析，剖析剖析看到底是哪一部分老百姓的利益。
是大部分人的利益、合法的利益，我们必须得保护，坚决地保护，即使个人冒
着风险也得保护。而如果是个别少数人的利益、非法取得的利益、损人利己得
来的利益、破坏集体经济的基本制度得来的利益，那就不但不能保护，相反还
得坚决反对，坚决纠正，让它回到合理合法的渠道上来。大家说是不是？"

　　老百姓不是笼统的、抽象的。代表老百姓中的大多数，还是极少数，这是
个立场问题。

　　到表决阶段，参会十八位同志，十人赞成收回，六人不同意，两位同志意
见不明确，未置可否。"收回大棚再整凹打包出租，由承包人按照实际投资给
予建棚人补偿"的方案跟跟跄跄得以通过。

　　我说的跟跟跄跄，是赞成的十位同志中包括马当先、文秀丽和我自己。如
果有人硬揪住他俩不是工作组的正式成员，在邹家寨没有表决权的话，就更艰

难了。

没有明确表达意见的两位里包括耿平和。

耿平和强调对建了棚的 3 户收不收都要坚持一个标准。至于到底是收还是不收，表示自己还没有考虑好，没有投票。也许遇到这种必须选择立场的时候，他不愿意明确表态吧。

四个焦点问题终于形成了明确的解决办法。又讨论了一下几类地的等级价格，对下一步工作分了分工。不觉，好几个小时又过去了。

走出会议室，我暗暗舒了一口长气，心里敞亮了不少。

33

会后，大家按照会议分工分头开展工作。

我的任务是起草《邹家寨集体土地使用与管理试行办法》。郑支书负责起草《招标公告》和《土地承包合同》。

又起草了一期工作公告，想把签《承诺书》的整体情况集中公告一次，把签了字的户和没签的户都点名公示一下，也给没有签的9户加加压。小亮拿到村委盖章的时候被郑支书拦下了。郑支书还是担心这几户有对立情绪，不愿意把没签《承诺书》的情况公布出来。他说一两天内想再去几户养鸡户了解了解情况，做做他们的工作。我同意了。

郑支书找养鸡户的沟通有一定效果。他找到了方平和二平征询了他们的意见，这次他们没有太反对，还对招标的报名保证金额度以及承包费用提出了一些建议。红斌有事去沙村了，但他和方平他们事先通过气，和他们的意见基本一致。而且，黄方平向郑支书表示，如果公开招标，他和红斌都要报名参加竞争。这样，担心没有人报名投标的忧虑又缓和了一些。

事实证明，方平他们的确属于很有心计的那种人。他们给郑支书的建议里暗藏玄机。像大幅提高报名保证金额度、不设承包封顶价格无限叫价、六年承包费一次交清等，其实都有提高招标门槛，客观上造成报名人数减少的意图。只是我们当时都没有多想。到后来，一步一步走来，最终发生了直接跳出来聚众阻挠群众参与招标的事，我们才意识到，也许他们根本就没有计划我们能真把地收回来，给我们提的建议很有可能是又一种变相的挖坑。

那天在电话里，听得出郑支书很满意。我也很高兴。我们约定尽快把四个问题处理意见的公告贴出去，20日晚上召开工作组、共产党员、村民代表联席会议讨论《管理办法》和《招标公告》。

34

20 日下午，在村里张贴了第 10 号工作公告，同时耿平和书记按工作流程拍了照发在邹家寨村微信群里。

集中收回村集体土地工作公告第 10 号

关于收地工作中四个问题处理意见的公告

3 月 15 日，针对收地工作中群众关注度高的四个问题，工作组以微信、短信、电话、个别交谈、意见箱等多种方式广泛征求了群众意见。在此基础上，3 月 17 日，工作组与村两委、全体党员进行了专题研究。会议经过充分讨论，民主表决，形成处理意见如下：

一、在占用的集体土地上盖了鸡舍的

在本次收地中暂不予拆除，但须按所占土地的等级类别和占用面积向村委缴纳租金。

二、在收地公告贴出之前已经往占用的土地里拉上粪的

如拉粪人愿意起走的，优先支持其起走。

不愿意起走的，待整凹出租招标结束后，由拉粪人与中标人协商，由中标人按通行价格予以收购使用。

三、请求继续耕种自家房屋后面的集体土地以维护房屋安全的

不予支持。但在招标活动结束，签订承包合同时，村委将统一提醒各中标人不得影响周边森林、道路、房屋等安全。对房屋安全问题将做专门提示。承包期间，如因此发生矛盾，由村委、承包人与房主协商解决。协商不成的，走法律程序解决。

四、在占用的土地上建了大棚的

如建棚人自愿移除的，优先支持其移除。

不愿移除的，按实际投资价格估价后，作为本凹土地招标的一个组成部分打包出租。招标结束后，由中标人按投资估价对建棚人进行补偿，大棚的使用权、处置权归中标人所有。

特此公告！

集中收回集体土地工作组

二〇一九年三月二十日

一石激起千层浪。

很快，这个公告在村民微信群里掀起了波澜。

微信名"顺其自然"的首先发难：

> 敢问书记大人，就这样置老百姓的血汗于不顾吗？就这样独断专行吗？让你们扶贫是让整村脱贫，不是扶助哪一户脱贫。

接下来"红斌"夸张地伸出大拇指说：

> 好！

"他乡游子"也附和道：

> 说得太好了。

有群众不满意他们的做法，两位村民马上发来微信积极表示支持我们这种为村里着想的行为。一个同志还引用伟人的话勉励我们排除万难，去争取胜利。

耿平和书记见了，在群里质问"顺其自然"道：

> 顺其自然 说话说清楚，收地就是置老百姓的血汗于不顾，就是独断专行吗？

平和是我们单位出了名的好脾气、大度量，很少发火，平时跟群众的关系很融洽。自从收地以来，认认真真、兢兢业业地做好自己承担的工作，就想着顺顺利利把地收回来，给老百姓一个交代。看来，"顺其自然"的话把他惹急了。

看到微信的时候，我正在开车去刘张村签到的路上。今天要开会研究《土地管理办法》和《招标方案》，为了不影响大家白天干农活，会议定在了晚上八点，我正好抽这个空当去趟刘张村。

见有人在微信群里发难，说老实话，我心里挺高兴。

如果大家都不理不睬，我们就没有办法做太多的解释。有人站出来反对，正是给了我们宣讲政策、教育群众、争取群众的机会。

我把车停靠在路边，在村民群里回了两条微信：

顺其自然　你好！

　　感谢你对村里事务的关注。

　　我是本次收地工作组的组长，收地的事由我具体负责。有什么意见和好建议，随时欢迎跟我说说，有不满、有情绪也欢迎跟我念叨念叨，电话、微信、群里讨论都行。

　　偏听则暗，兼听则明。我们愿意听取各方面的意见，最大限度地了解客观事实真相，最大限度地代表人民的利益，最大限度地为邹家寨大多数老百姓说话。

　　我是一名共产党员，我愿意，也必须为人民服务，我愿意为邹家寨绝大多数人说话。

　　希望能够理解。

顺其自然

　　今日公告的内容是在充分听取群众意见的基础上，由工作组、村两委、党员干部一起研究决定的。在研究表决的时候，我是投了赞成票。但这不是我们之中哪一个人的意见，而是我们这个集体共同意志的表达。

　　如果说独断专行，那我当这个组长，我主持会议，最有可能独断专行吧？你有什么不理解，该来质问我。

　　不过呢？说我方法简单也好，说我独断专行也好，为了邹家寨这一点公平正义，我愿意担这个名声。

　　也希望你监督。

微信发出以后，"顺其自然"没有再吭声。

微信里说的"扶助哪一户脱贫"，指的是有人造谣说我们给了老支书一万元钱的事。那纯属谣言，我在村里的会议上也跟大家说过了，不想在这儿再纠缠。

半个小时后，有"公道人"发来微信：

> 李为民　我想问一下租出地以后租金怎么分配？

我马上回复：

> 公道人 你好!
>   村里正在起草一个《邹家寨集体土地使用与管理试行办法》，其中对集体土地租金的分配和使用有专门说明。具体的我记不住了，总的原则是取之于民，用之于民，用于村民分红和群众关注度大的公共事业。

"公道人"说话还算公道：

> 只要是对村民有利的都大力支持。

> 公道人　大家的支持既是对我们的鼓励，也是鞭策，我们尽力做好。

"公道人"又表示：

> 把遗留问题加快解决，不要影响我们村前进的步伐。

> 公道人　你说的有道理。
>
> 遗留问题是该解决。如果遗留问题影响了村里的发展，就更该优先解决。
>
> 这次收地的事就是这样。集体的地都在个人手里，村里一点调剂的余地都没有，一动到谁，就是矛盾，已经影响了村里的发展。而且因为地的事，矛盾频发，到了不解决不行的时候了，咱们就根据中央精神，按照上级指示，理顺一下。
>
> 其他问题也一样。但是一口吃不成胖子，咱们慢慢来。
>
> 只要大家出于公心，相信都会有公论，都会解决好的。

到刘张村完成了例行签到，又跟村干部通了电话，开始往邹家寨返。这时，一个叫"爱拼才会赢"的怼了上来：

> @李为民　你们真的接受人民的监督吗？3万块钱的双季槐和连翘哪里去了，让你们东一棵西一棵给报上去了吗？

下面是"红斌""二平"俩人略显夸张的热烈点赞。

我有些没明白"爱拼才会赢"的话：

> @爱拼才会赢　你反映的问题很好。
>
> 我有一点没太弄明白，你是说买双季槐和连翘用了3万元，然后苗子不知道哪里去了，是这个意思不？

> @李为民 是。还有，栽活苗子的补偿钱哪里去了？

我明白了，他质疑的是去年春天我们在村里发展连翘和双季槐种植的事。我进一步跟他确认：

> @爱拼才会赢 好的。
> 你反映的是三个问题。
> 一是买双季槐和连翘用了 3 万元，二是买来的苗子不知道弄哪去了，三是原来说栽活苗子有补贴，现在补贴的钱不知道哪里去了，是不是？
> 回头我了解一下回复你，好吗？

去年春天，为了做产业示范，我们在帮扶的三个村组织栽植了一些连翘和双季槐。本来还计划栽一些月季，美化一下村庄环境，一些村里不积极，也就罢了。为了鼓励群众栽种的积极性，商定每栽活一棵连翘补助 2 元，栽活一棵双季槐补助 10 元。到秋天，平和书记、彩霞队长和小亮一起认真查点了数目，列出了成活补助的名单和金额。我也专门去乡里找书记、乡长商量了，乡里完全同意按照当初的方案补助，说可以办手续了。告诉了村里，村里却迟迟不动。到现在已经过了三个月了，一分钱补助也没有到位，连需要报批的手续也纹丝没动。而存在同样情况的东王庄村，在秀丽和马当先的坚持下，已经全部足额补贴给了栽种的群众，群众很满意。当时邹家寨村账上的确有用于发展产业的 3 万元资金，但买苗子肯定没用了这么多。具体用了多少，我没问过。"爱拼才会赢"的问题从何提起，我也不清楚。可既然提出来了，就得实事求是给一个解释。

返回邹家寨，已经快到开会的时间了。郑支书找到我，提出两个问题：一是说有人反映我个人工作方法有些强硬，建议我改一改；二是建议今天的会议不要让马当先和秀丽参加了，免得老百姓有意见。

我愕然。

工作方法的事，我有点感觉。在收地的问题上，我是强硬了些。在一些关键节点上，我很坚决，丝毫没有让步。我的目标只有一个，就是收地。任何阻碍了或者有可能阻碍收地的观点和行为，我都坚决地抵制了。这引起了一些人的不愉快。能够感觉到有些人，其中包括工作组内部有些同志对我有些意见。但是，广大老百姓是支持我的，党员同志们是支持我的。这从与他们私下的交谈中，从见缝插针的叮咛中，从路上相遇热切的眼神中能够感受得到。我心里清楚，这之前的工作总体还算顺利，一些关键户、关键人还能够坐下来听我们说话，还能够不跳出来激烈反对，一个很主要的原因，就来自于我坚定而强硬的态度。我坚定和强硬的态度，在会议上一次次严厉的表态和严肃的提醒，成功地把党和政府扫黑除恶的政策变成压力贯彻、传导了下去。这种政策压力，一方面让反对收地的人不舒服了，同时也让他们不敢轻举妄动。

既然郑支书今天提出来了，我表示接受，今后在工作中尽量改一改工作方法。

对不让马当先和秀丽参加会议，我不同意。从启动收地以来，他们俩承担了大量艰苦而细致的基础工作，他们俩接触群众最多，对群众的诉求最了解，掌握的情况最全面，为什么要把他们排除在会议之外呢？郑青解释说，有的群众有意见，说他俩不是邹家寨工作队的，也不是邹家寨的人，不应该参加邹家寨的事。为了避免矛盾，就别让他俩参加了。

不知道是不是真的是有群众提了这个意见。即使真有，也一定是反对收地的人的意见。普通群众都眼巴巴地盼着我们收地成功呢，怎么会愿意把工作最得力的干才排除出去呢？再说，之前我们召开的都是工作组和党员的会议，群众都没有参加。正常情况下群众并不了解会议上发生了什么，谁在会上发表了什么意见、担当了什么角色，又怎么会有这种意见呢？这种说法似乎太牵强，难以自圆。感觉这种说法更像是马彩霞们的意见。

郑支书的两点意见，不论出处在哪里，不管他自己心里是不是清楚，最终的结果只有一个：削弱坚定收地一方的力量。

改变我强硬的态度，是想让反对的一方在精神上占上风。不让当先和秀丽参加会议，是想减少坚定收地一方的占比。

我提出，让他俩列席会议，不要发言、不要表态，光听一听，掌握一下情况行不行。郑支书也不同意。

我在心里叹息了一声，妥协了。

妥协的同时，心里五味杂陈，隐隐作痛。

明知道自己是对的，却无能为力，不得不妥协。很无奈。

时间不容我有太多的纠结，马上要开会了，我得赶在开会之前把"爱拼才会赢"的微信质疑答复了。

> @爱拼才会赢 你好！
>
> 1. 经初步了解，邹家寨 2018 年春季栽植双季槐 800 株、连翘 4580 株，购苗款用了 8057 元，不是你说的 3 万元。
>
> 2. 以上苗木按照村民报名情况全部发放至村民手中栽植。发放树苗时领取人均在领取登记表上做了登记并签了字。
>
> 3. 活苗补偿问题，工作队已和乡党委政府主要领导进行了沟通，村里正在积极办理有关手续。
>
> 以上回答不知道我说清了没有？
>
> 还有什么问题，欢迎随时提。

微信发出以后，群里安静了下来。群外，有同志发来私聊微信，告诉我，哪个哪个微信名是谁，哪个是黄方平，哪个是另一个养鸡户家的媳妇，哪个是 ×× 的兄弟，还有哪一个是 ×× 的儿子。有的同志提醒说，你们班子内部还是不团结啊，是内部有人在给人家递送消息吧？

我心里沉沉的。

事情是有些蹊跷。去年给了村里 3 万元的事应该只有村干部和工作队几个人知道。而 3 万元用了多少，账上还有多少，村干部清清楚楚，而我们工作队不知道。如果是村干部通风报信的话，对方应该知道 3 万元没有全部用于买苗子，不应该提出"爱拼才会赢"3 万元购苗款这样的质疑。现在对方知道有 3 万元，又不知道 3 万元用了没有，用了多少，似乎不太像是村干部走了风。那么会是谁呢？难道真是我们工作队内部的人？难道真有我们自己的人在别人把我们当成活靶子瞄着的时候，主动给奉上一梭子子弹？

我吸了一口凉气。

脑子有些乱，但来不及细想了。离开会只有三分钟了，参加会议的同志已经陆续进来了。我需要稳定一下情绪准备开会了。

突然，"平安是福"的一条微信在村民群里蹦了出来，是一周前《今日头条》推送过的一条新闻：

北潞市开发办党组成员、副主任李为民违规领取扶贫补助等问题。

2016年5月至2018年4月，李为民在任市开发办驻平长县扶贫工作队队长期间，虚报驻村天数，违规多领驻村扶贫补助7000元。2018年12月20日，李为民受到党内严重警告处分，违纪资金已被全部追缴。

"平安是福"是黄方平的微信昵称。紧跟着的是"红斌"握紧着的大拳头和大大的点赞，还有"爱拼才会赢"的质问：

这就是所谓的共产党员吗？这就是党员的带头作用吗？

马上有人再转发，转发的村民微信名叫"路上等你！"

一股凉意从心底升起。

党组织处分教育自己的干部没有错。即使有这样那样的前因后果，即使有这样那样的误解和曲折，即使过程中有的同志采取了一些让人不理解的做法，作为一名共产党员，我也能接受，而且必须接受。有则改之，无则加勉，引以为戒，吸取教训。"我受处分这件事搁你身上，你觉得冤不冤？"事后我这样分别问过纪委系统几位了解这件事来龙去脉的同志。有的同志笑笑，没做回答。

有的同志劝我事情都过去了，不要再想这些折磨自己了。我能够读懂他们的善意，以及不能明确表态的不便。这种不便的后面，是作为党的纪检干部的党性原则，和作为一名普通人的善良和同情心。一位德高望重的老领导，在提醒的同时严厉地批评了我。那份严厉中，流露着对党的忠贞和对同志深深的爱护。正是这些同志的纯正贤良和对党的忠诚、对同志的爱护，维护了党的威信，也维护了纪律的威严。

群众关注党组织的通报，转发微信有问题吗？没有。一点问题也没有。

问题是这个转发微信的时间节点让人有些费解。

处分通报已经整整一个星期了，七天来人们并不是不知道，但鸦雀无声。现在再过几分钟马上就要开会了，马上就要研究收地招标的具体细节，正式招标了，却突然把处分通报抛了出来。这其中有没有什么关联呢？

下午村民群里的一系列微信，都是那几户反对收地的人及其亲属发的。这其中有联系吗？

就在几分钟之前，马彩霞匆匆忙忙要去找一户激烈反对收地的群众，说是去还人家一个什么钱。我说马上要开会了，散了会再去吧，拦了一下没拦住，她急匆匆走了。这之间会有联系吗？

两位好心的村民见到微信里的通报，通过私聊发来微信，再次提醒我，你们内部有人在搞小动作。真会是这样吗？

在群里转发处分通报的"平安是福"既不是参会人员，也不在会场，怎么会知道我们立刻就要开会，时间节点拿捏得如此恰如其分、丝毫不差呢？

这些难道仅仅是巧合吗？

风声鹤唳，疑窦丛生。

转发的处分通报加上极不友好的质问，敌意非常明显。从这一点上看，恰恰说明我们前期的工作已经切中了问题的要害，而不是隔靴搔痒的花架子。前期的工作让他们不舒服，而且是很不舒服了。这时候找事端，也反映出了对方既不甘心，又没有什么更好办法的窘迫心态。

这个时候，这样的微信，这样的质问，不就是想把我的错误展示给大家，让大家看看我李为民也不是什么共产党的好干部，瑕疵也很多，让大家不要再听我的吗？不就是想给我一个下马威，让我投鼠忌器，心有余悸，收敛一点，在收地的事上偃旗息鼓吗？

冷静！

冷静！

捋一捋。

再捋一捋。

我在心里告诫自己。

第 10 号公告发布这短短几个小时以来，先是说我们独断专行，再是质疑租金分配，然后是 3 万元苗木款的去向、给老支书钱的质问，再然后不许马当先和文秀丽参加会议，接着又是针对处分通报的厉声质问，一波接着一波，一浪高过一浪，此起彼伏，狂轰滥炸，难道都是巧合吗？

会不会真有一只手在后面精心策划、导演着这场闹剧呢？

如果真有的话，也算是绞尽脑汁了。

看来，有人真急了，有些急不可耐、慌不择路了。没有了黄守一，眼看着第 10 号公告又瓦解了那四道障碍，情急之下，只能自己赤膊上阵了。工作在步步推进，再不上手，就来不及了！

嗯，很可能就是这样。看来，这层层责难的目的，就是想把今天的会议搅黄，把收地的事搅黄！针对我，不过是因为我在主持这次收地工作。

能得逞吗？

来开会的党员同志们和村民代表们已经进来了，其中也有站在反对面的村民代表，刚才马彩霞匆匆忙忙出去说要还钱就是去了他家。

我感到了一种无形的压力。

山雨欲来风满楼。

今天的会议会顺利吗？

我深吸了一口气，稳定了一下情绪，在村民群里回了一条微信：

> 平安是福、爱拼才会赢、红斌、路上等你！
> 谢谢提醒，欢迎监督！

谢谢你们！给了我一个说清自己、粉碎谣言的机会。

你有千条妙计，我有一定之规。

为了群众利益，没有错。

为了公平正义，没有错！

我逐个审视了一遍参加会议的同志，意味深长地看了看似乎一脸漠然的马彩霞，收回了目光。

关机。

开会！

35

"因为收地，同志们对我更关心了。"我主持会议，先从刚才的微信说起，"就在几分钟前，有同志在村民群里发微信，转发了我前些日子因为下乡受处分的通报。"

说到这里，有的同志掏出手机开始翻看微信，几个老干部互相交换了一下眼色。

"没错，我是受了党组织的处分。因为什么原因受了处分，其中有怎样的来龙去脉，有没有委屈，在这里不细说了。作为一名共产党员，接受党的教育是本分。处分也是党教育干部的一种方式，再正常不过。我虚心接受。也感谢同志们对我的关注和监督。"

说到这里，我从心里感激转发我受处分推送的人。受处分是客观事实，我应该正确对待，不需要遮遮掩掩。也想着找个机会坦诚地跟同志们谈一谈我的思想认识，避免大家背后嘀嘀咕咕，自己也好卸下一些思想包袱，却一直没有一个恰当的机会。正好"平安是福"他们刚才的推送，给了我一个挑起话题的由头。

一个共产党员受了党组织的处分，群众能够充分关注，而不是漠不关心，说明了群众对我们党的关心和信赖，这也是我们党群众基础的表现。群众关注我受处分，我心里很理解。在一起摸爬滚打快三年了，大家对我比较了解了。既了解了我嘻嘻哈哈、见人就发烟的随和与友善，了解了我会议上坚持原则、有一说一的憨直与刚毅，也了解了我遇强不怕、遇善不欺、扶危济困的务实与坚守。出于这种对自己熟悉的一名下乡干部的了解，见他受了处分，多一些关注，多一些好奇，再正常不过。大家关注，我应该感到欣慰。当然，也有一些对我有意见的人在冷眼看笑话，据说我们工作队里还有人为了让组织加重对我的处分而四处奔走，这都不奇怪。

"但奇怪的是，迟不来，早不来，恰恰在我们公示了对四个问题的处理意见，恰恰在要研究下一步招标方案，恰恰在我们就要开会前一刹那，突然就发过来了，是不是有些奇怪呀？大家关心我没错，但是，是不是有人想借此给我点难看，还想把我挤走啊？如果真是这样的话，说明了什么？"

大家都把目光投向了我。抽烟的同志夹着香烟举在半空，一时忘了往嘴边送。

"这说明我得罪人了。

"到底得罪了谁？为了谁的利益得罪了谁？我想在座的大家心里都清楚。

"有人讨厌我，很讨厌，说我态度太强硬，说话太难听。是的。收地以来我的确有这个问题。郑支书出于对我的关心，刚才也建议我改一改。我虚心接受。说话难听，我改。但态度强硬，我改不了。这份强硬不是代表我李为民个人，而是中央的决策、市县相关部门的态度、乡镇党委的态度，和邹家寨大多数群众的意愿，所有这一切决定了作为收地工作组组长的我，只能有这样一个坚定、强硬的态度。只能坚定不移地把集体的土地收回来。这是我职责所在。

"能够感受到，我的存在威胁了一部分人的利益，已经成了少数人心目中的绊脚石，恨不得搬开我来保护自己的既得利益。观察了一下，想撵走我的人还很有几个。

"这里我重申一下我的态度。在工作组成立之前，有人挤对我，我走了也就走了。现在既然当了这个工作组组长，承担了这份责任，那我不完成任务，绝不退缩。现在，我再说一遍，我是打我也不走，骂我也不走。收地不完成，我一天不走；收地一完成，我一天不留！

"有同志见我太顽固，不好撵，把气撒到了马当先和文秀丽两位同志身上，跟郑支书提出来他俩不是咱村人，不能参加村里的会议。还有人想挤对他们走人。在个别人心目中，他们只能有默默干活权，而不能有发言权和表决权。甚至最好干活权也不要有，让邹家寨的人自己来收地，那样的话就有可能收不成，收不成最好。

"是的，他俩不是咱们村人，也不是咱们村工作队的。但他俩是在党支部书记郑青同志要求下，由我代表单位专门从东王庄抽调过来帮助收地工作的。来了这十来天了，他们干了些啥，大家都知道吧？地块摸底和丈量，他俩是一块一块挨着查过来的。都说地抢了，都是谁抢了，哪块地是谁抢的，多大面积，谁能说得清？他俩最清楚。全村124户摸底调查，其中67户贫困户是帮扶的十八位同志完成的，平均每人完成三四户。其余57个非贫困户全部都是他们两位完成的，平均每个人完成二十八九户，工作量是其他同志的八九倍。53户占地群众，一家不落地走访下来。这些群众里面谁同意，谁不同意，谁有什么想法，谁最清楚？他们俩最清楚。工作需要一张航拍地图，秀丽同志联系了好几个部门，千方百计地弄来地图，在图上一板一眼把基础数据标出来，再回单位连夜加班制好表格统计出来，这我们才对占地情况有了个具体把握。他们摸回来的情况是收地工作最重要的依据。十多天了，他们比谁干的少？谁比他们更熟悉情况？有谁比他们贡献更大？挤他们走，是挖工作组的墙角，挖收地工作的墙角！今天的会不让他们参加，我同意了。我是违心同意的。他们做了这么多，接下来还有许多工作要做，研究工作思路的时候，怎么就不能参加会议了呢？不是邹家寨人，可以只发表意见，不参与表决，或者连意见也不要发表，光来听听，掌握一下情况，这又影响了谁了呢？谁也不用东拉西扯地找借口，提这个意见的人最想挤走人的是我，我心里明明白白的。只是遇到我这么个赖皮缠，想挤是挤不走了，就来一个隔山打牛，想通过排挤他们俩来给我点难看，也给收地工作再下点绊子。大家想想，是不是啊？

"以后，不许他们参加会议的话，谁也不要再提！

"我是工作组组长，这件事听我的。出了问题，我负全责！"我加重了语气说。

"回到刚才的问题，我犯了错误，是不是就不能再为党工作，就不能主持收地了呢？

"上次会议上我们说过，村两委以前也不是就做得十全十美。但是如果等村两委完全改正了自己的不足，变得十全十美了再去收地，地还收得回来吗？

"我们都不完美，都有这样那样的缺点甚至是错误。但这不是我们可以不工作的理由，也不是任何人因此就可以拒不交地的借口。我们得了解自己的不完美，容忍自己的不完美，在修正自己的不完美中跋涉前行。

"所以啊，受了处分不是就不能工作了，受处分根本不是可以躺倒不干的理由。受了处分更应该加倍为党工作，更应该吸取教训，下力气为人民服务。眼下我的工作就是沉下心来把地收回来！欢迎大家监督。"

从大家善意和赞许的目光里能够看出绝大部分同志理解了我。微信群里的责难和下午那些剑拔弩张已经消散在了严肃而祥和的会议室里。

正气是一个气场。在这一个气场里，怀里揣着一盘小九九想伺机发难的个别人终于也没敢在会上发作出来。

关于会议纪律，除了重申依次发言，不许插话，不许打断他人之外，我专门强调了不要纠缠与本次会议议题无关的问题。四个问题的处理意见公告以后，群众拍手称快，反对的人既不满意，也不甘心。这四个问题也涉及在座的一些同志的利益。有的村民代表是带着情绪来的。把握不好，很容易形成争论不休的局面。虽然我刚才的发言比较严肃，按下了一些问题，但毕竟牵涉到个人切身利益，会不会有人返过头来纠缠那四个问题呢？一纠缠，就有可能乱。一乱，工作的步调就乱了。已经决定了的事不能再反复。时间也不容许我们再犹犹豫豫，一步三回头了。

"不纠缠与本次会议议题无关的问题，不是不让人说话。大家有意见，可以会后说。投意见箱、跟郑支书和马队长谈，电话、短信、微信私聊、村民群微信都行。好好说，敞开了说。我们也会认真对待。但今天的会就是研究《邹家寨村集体土地使用与管理试行办法》和《邹家寨村集体土地承包招标公告》，这是本次会议的主题，大家今天就集中精力讨论这两个事。"

我的这一番话深深地触动了大家。接下来的讨论还算顺利，远没有预想的那样艰难。有对立情绪的人也没有再作难。经过认真研究，除提出少数几处修改意见外，两个文件获得了一致通过。

36

村民微信群安静了一阵之后，红斌发来一条建议：

> @ 李为民 我认为分地还是开个全体村民大会比较合理。

语气里没有了先前的那股冲劲，建议中仍有一种坚持。

这个意见在工作组开会的时候彩霞提出来过，我们当时都没有同意。

村里开会常常是在吵吵闹闹中结束。有的时候，好像人人手里都掌握着真理，人人都大了嗓门恨不得把自己的真理直接灌到持不同意见的人耳朵里，似乎不这样就不足以摁住对方的谬误。有两次，我凝神认真听了，有的同志的意见其实挺好的，但一片吵吵嚷嚷过后，那些挺好的意见也湮没在争吵中了无踪迹。正因为这样，我主持会议的时候每次都会不厌其烦地先强调会议纪律，而且每次都取得了不错的效果。

但召开全体村民大会不一样，人数众多，层次各异，而且其中不乏居心叵测，就想在会上搅一搅、闹一闹的人。一乱起来，正经工作说不清，很容易陷入争吵和混乱。局面乱了不好收拾，最后只能不欢而散。会议不欢而散既对群众心理是个打击，也容易给反对收地的人留下口实，甚至形成群体性事件。公告、微信群、意见箱、专人接待、入户走访，各种渠道都通通畅畅的，每一条途径都不影响大家反映问题、表达意愿，为什么要一而再地要求召开村民大会呢？这后面有没有什么别的企图呢？现实面前，我变得有些疑神疑鬼。

所以彩霞提议开全体村民大会讨论的时候，我坚决拒绝了。

但这次是又有群众提出来了，而且是在村民群里当着大伙的面公开提出来的，不管对方背后的真实目的是什么，我们都必须认认真真答复。而且，必须公开透明、客观诚恳，让大家都理解、都信服。这也是做群众工作、争取群众的一个绝好机会。

红斌 你好!

你的建议很好。

召开全村群众大会的目的是更广泛地听取群众意见,让每一个参会的群众都有发言权,充分发扬民主,增加决策的科学性。这样做是对的。

在收地工作中,让群众说话,让大家都说话,始终是我们坚持的一个工作原则。

所以,在工作开始时,组织了对全村124户群众全覆盖、无死角的摸底调查,除了有2户实在联系不上之外,122户全部发表了意见。其中无条件赞成收地的101户,赞成收地但同时提出一些条件的13户,不赞成的8户。

3月中旬,又针对占有集体土地的全部53户群众进行了全面走访,其中85%的占地群众积极提交了《交还集体土地承诺书》,表达了关心村里发展,希望邹家寨村越来越好的美好愿望。

这种人人有机会说话,人人有表达自己意愿的机会的方法,和你提的召开全体村民大会的提议意思是一致的,而且更具有全面性、权威性和代表性。是不?

目前情况下召开大会,许多群众不在村里,人员不能保证不说,即使都参加了,你说一句,他嚷一句,很容易形成乱哄哄吵成一团的局面,既不利于群众发表真实意见,也不利于解决问题。咱们不能为了开会而开会,开会是为了解决问题。不能解决问题的会议宁肯不开。

村民代表是邹家寨人民推选出来,代表大家说话的人。村民代表的意见也代表了大家的意见。既然我们推选了他们,就要尊重他们、理解他们、相信他们,让他们更好地代表人民说话。事实上,绝大部分村民代表履职情况都很好,能够代表邹家寨人民。召开村民代表会议与召开全体村民大会虽然人数上有差别,在反映群众意愿上没有本质的差别。希望能够理解。

谢谢你的提议。欢迎随时提出意见和建议。

之后,没有人再提起召开全体村民大会的事。大家理解并认可了由村民代表会议代表全体村民议事的做法。这也是群众民主参与村庄管理的重要形式。个别人想趁人多嘴杂搅闹一把的企图化解于无形。

37

《邹家寨村集体土地使用与管理试行办法》和《邹家寨村集体土地承包招标公告》都贴出去了。按照《招标公告》，愿意参与投标的村民三天内报名，报名结束即组织招标。

郑支书提前跟朋友借好了验钞机，贵保准备了招标保证金收据，蹲在村委会认认真真接待前来投标的群众。他俩都是认真人，凡是工作中用得上的，都想得很周全。耿书记和彩霞队长、小亮继续做扶贫的其他工作。马当先和秀丽回东王庄赶他们这些天落下的工作。

我这两天有了空闲。

一大早，开车来到刘张村。

这些天有空了就会赶到刘张村来签个到。

还不到九点，村委还锁着门。在村里稍走了走，遇到早起的百姓搭了几句话，掏出手机接通卫星定位系统签了到，拍了几张照片存了。照片用的是带时间记载的照相模式。

最近这十个月来，在刘张村下乡下得很不痛快。

这种不痛快起源于那一次党员和村民代表会议。那次会上王州的公开叫板在群众中造成了很不好的影响，像一团黏糊糊的污渍硬生生地涂抹在开发办工作队的旗帜上。

个别同志有"占山为王"的心态，在别的村也有体现。我抽调马当先和秀丽去邹家寨帮助收地，在马彩霞那里遇到的阻力也很大。比较之下，王州在这一点上表现更强烈、更出格一些。

在后来整顿队伍过程中，我批评了他。他思想没转过弯来，跟我结下了怨。

去年春天，为探索发展扶贫产业，我们在帮扶的三个村统一提出了栽植双季槐、连翘、月季花的计划。为激励各村配合工作，我提出当年开发办给各村的帮扶资金不再平均分配，按照这三项工作开展的好坏适当调整，奖勤罚懒。这个提议在工作队全体会议上讲过三次，在三个村三大主干都在场的会议上说过一次，"七一"组织党员赴革命老区参观学习时在三个村全体党员大会上讲过一次。会下跟三个村的村干部、帮扶人员个别交换意见就更多了。可以说这个提议所有相关人员人人皆知。而且这个过程大家都是认可的，从村干部到工作队大家都同意，没有一个人提出过异议。

后来的工作中，种双季槐和连翘三个村差距不大。说到栽植月季美化村庄，差距明显拉开了。东王庄从村北口开始，自北向南规划了位置、绘制了草图，平整了场地，做了栽植的准备。邹家寨把大槐树旁已有的三角形花坛整理了一遍，去除了杂草，准备栽种。刘张村却纹丝不动。我催了两次，委托王州催了两次，村里一点动静也没有。

这种情况下，到下经费的时候我提出在经费额度上要兑现当初的提议，不能吃大锅饭、搞一刀切。

王州建议我事先跟刘张村村委主任打个招呼。我专门赶到刘张村，分别找支书和主任谈了，他们都表示同意。主任提出差距不要太大，几千块钱差别就行。我把这些意见都反馈给了王州，也在工作队的会议上跟大家通报了情况。

在这些工作的基础上，我们确定了东王庄6.4万、邹家寨6.1万、刘张村5.5万的经费分配方案，报送乡政府正式下达。对帮扶资金，一律由财政下达，乡镇统一管理。在整个资金下达和使用过程中，帮扶单位只有这唯一的一次分配建议权。我想通过这仅有的一次机会，表达我们不吃大锅饭、鼓励好好配合、多干工作的立场。

分配方案确定以后，王州找我提过意见，表达过不满。他撇开事先跟三个村村干部的约定不谈，只是强调说刘张村是个大村，人口最多，应该多给些经费，怎么能不但不多给反而少了呢？我跟他一起回顾了这个方案形成的前前后后，我对他说，资金不是按照人口多少安排的，是按当初约定的连翘、双季槐、月季栽植情况安排的。有言在先，必须说话算话。本来有些村就不太配合开发办工作，只是表面上客套和应付，如果这回再放了空炮，以后更没有人把咱们安排的工作当回事了。这样做不是跟你过不去，恰恰是督促一下村里，让村干部以后更好地配合开发办工作队的工作。配合开发办工作队就是配合你，因为你在村里就是代表开发办工作队的。

他表示既然领导已经决定了，那就这吧。说完，摇晃着脑袋，拍上门，走了。看得出，他思想没有通。

去年，三个第一书记的工作经费由局机关财务统一管理。有一天，王州突然拿来一张给村里买电视机的几千元发票，让我签字报销。我责怪他这种事该提前打个招呼，他眼也不眨地说："不是跟你说过了吗？不信你问问那个×××。"这有点孩童般的顽劣了。有一次商量工作的时候×××的确是在旁边，但那次压根就没有提过买电视机的事呀。我没有给他签字，说看看另两个村子的情况再说。他不服不忿地走了。

这两件事经过穿凿加工，成了我有意刻薄刘张村的经典桥段，引起了刘张村村委主任的不满。到了冬天，见我有事两天没去刘张村，王州撺掇村委主任马上向镇里、县里反映，要求通报我不在岗。上级来村里核查的时候，又添油加醋，上足了调料。而三个村没有平均分配扶贫资金的事，不仅被说成是对刘张村的克扣，而且是对东王庄的偏袒，其中或有猫腻。

因此，自去年后半年以来，始终不敢对王州太放心。

这些天在邹家寨忙收地，有同志善意提醒我注意保密。我听懂了。这其中有对王州保密的意味。我们在前线收地，背后始终有人不怀好意地盯着。不得不防。

尽管我们很谨慎、很认真，但是缺乏农村工作经验是我们的短板，而且收地没有任何可以参考的工作范本，一切都得摸着石头过河，很难做得滴水不漏，经得起鸡蛋里挑骨头般的检验。有人说，人们一个个乍看起来都没问题，做个透视看看？肉眼看去没问题，拿个放大镜来看看？放大镜看着没啥，搬台显微镜来试试？如果心态跑偏了，眼里就没有没毛病的人。

心态偏了，看法就正不了。这样的人不会全面看待你人有多正派、做的事有多正义，从来都是揪住一点上纲上线无限演绎。有的时候，他硬揪的这一点，其实也并不是什么问题。但是，你要证明自己的清白，需要付出几倍、十几倍，乃至几十倍的努力。

做点事情不容易，做事的时候还得眼观六路。

38

在刘张村手机签到之后，再登录网络平台查一查网签记录，记录里显示的确签成功了。在网络上看见王州刚刚也在村里定位签过到了。还不到九点，看来他今天也来得挺早啊。

想起一件事，拨通了王州的电话："喂，王州，在哪呢？"

"在刘张哩。"

"嗯，我知道你在刘张。找你商量个事。"

"你在哪呢？"

"我到刘张了。"

"哦，哦……我这会儿不在村里。"

"没事。我在村里等你一会儿。"

"我一小会儿还回不去。"

"你在乡里吗？我去乡里找你也行。"

"也不在乡里。我，我拉了个人来看病了。"

"去平长县城了？"按他的回答和签到时间推测，应该是早早来到村里拉了一位生病的群众去县城看病了。他一般不在村里住，我知道。

"哦。"他答应了一声。

"那没事。你先忙你的。看完病回来再说。"

"今天我不返回村里了。"

"啊？"我有些纳闷儿，但没有多问，只说："好。你先看病。中午我从村里返回县城的时候咱俩见个面，好吧？"

"什么事？电话里说吧。"他有些不太耐烦。

"也没什么着急事，还是见了面再说吧。"

"中午我不在县城。我领了个亲戚来看病了。"

"没关系。你中午不在，我就再去东王庄和邹家寨转转，下午你返到县城再找你。"

"啊？哦，哦，下午也不在。"

"下午也不在？那现在在不在平长？"

"现在也不在。"

我被绕糊涂了。

又电话了好一会儿才终于弄明白，原来他今天根本就没来村里，在市里一大早领着自己家亲戚去西大街找了一个大夫看病去了。而且今天根本就没计划来村里。前面说的那一番全是假话。至于为什么人没到村、手机没到村，八点多钟就在村里用手机定了位，做了网络签到，天知道是怎么回事！

这么简单又正当的事，却被他推来挡去绕成了一盆糨糊。

太奇怪了！

"有啥事好好说嘛！谁还没有个事啊？干啥要绕来绕去弄成个这呢？"我心想，没好气地挂断了电话。

三个月后，我已经正式退出扶贫工作，返回机关上班了。新的分管领导召集下乡工作队开会，谈到去年三个村帮扶资金没有平均分配的事。王州一口咬定："我不知道为什么不平均分配。一点也不知道。"红口白牙，言之凿凿。

我再度惊讶。

事实上，对那次资金分配他是整个团队中最清楚也最在意的人。

遇到这样的队友，天一脚地一脚的，能说个啥？

39

《邹家寨村集体土地使用与管理试行办法》没有引起重视。

我们的想法是，对村集体的土地得有一个总的办法管起来。这个办法是一个总的章程，相当于邹家寨土地管理的一个宪法。如何收地、如何管地、如何租地、地租怎么分配、合同如何签订等具体事务都是在这个总章程下展开的。这个办法不仅仅是这一次收地工作的一个依据，更是今后比较长的时期内集体土地管理的一个纲领性文件。以后涉及集体土地的事，都按这个办法来。

有了这么一个办法，管理土地就有了依据。这个办法是依据国家相关的法律来的。"以后办事应该事事有依据，减少随意性，按规则来。规则面前人人平等。这样做，大家都不累。大家怕惹人，怕得罪人，怕别人有意见。能够理解。制定这个管理办法，就是解决这个问题的。大家谁都不要去惹人，让办法去规范人们的行为，让办法去惹人。能做到这样，工作就简单得多了。其实工作中很多意见和矛盾都是因为随意表态、不按规定办事带来的。大家想想是不是？"我们这样跟大家说。

从随机决策到制定制度，按照制度来管理，是一次进步，是在依法办事的路上又迈进了一步。

"为什么说依法办事呢？国家的法律我们都要遵守，而且必须遵守。但是具体到村集体土地管理，法律不可能管得那么细。我们就得依据这些法律的精神，制定一个适合咱村用的办法，来把这个事管起来。这个办法是法律精神的贯彻，是国家法律在邹家寨的实施。"

《办法》通过了，也公告了，但看得出来，很难真正发挥作用。连郑支书也没有真正理解这个《办法》的作用，总认为是个虚东西。只是看我催得紧了，碍于面子，勉勉强强支持了一下。我对他说，这个《办法》和招标办法是总干和分支的关系。分支是眼下直接要用到的，很着急。但是总的管理办法起点更高、更重要，更得重视。他答应一声，继续拉着我一起商量招标的具体细节。显然，他的着眼点仍聚集在这一次招标的具体事务上，也许完成招标以后坐下来了，会慢慢认识到《管理办法》的重要吧。

在村干部中，想养成依法办事、按制度办事的习惯，不是一件简单的事。而没有这样的规矩意识，提高乡村治理能力、提升村庄管理水平就是一句空话。

不幸的是，许多基层干部对此都没有足够的认识。

40

从一名党员的电话中得知，有一天夜里，几家反对收地的养鸡户集体聚在村委和彩霞队长嘀嘀咕咕谈到深夜。据说就是在那次座谈中，方平恶狠狠地说我："他不让人好好活，我也不让他好好活！我要去市纪检委××部门告他去！"

具体告我什么，我不得而知，彩霞队长也从没跟我提起过。

但"市纪检委"这个机关拿捏得很准确。按照党纪规定，我这种干部的确归市纪检委监督管辖。这让我感到一丝凉意。不是我害怕人家告，害怕组织审查。从加入党组织那一天起，就随时随地在党的纪律监督之下。收地碍了人家抢地发财的好事，人家不满意我，想找地方发泄发泄愤怒，我都能理解。但对要上告的机关和部门拿捏得如此精准，以我对这位农民朋友的了解，很感意外。熟悉告状业务的黄守一已经卧病在床。我问过他，他确定没有给方平他们出过这些主意。

有两个人私下写了我的告状信，四处找人签名想联名告我。我听了心里有些虚。是的，有点虚。即使热情满满、正义满腔，即使谦虚谨慎、小心翼翼，即使克勤克俭、两袖清风，即使把工作做到所能做到的最好，还是有些虚。有时候告状如同瘟疫，避之唯恐不及。党的十八大以来，全面从严治党成效卓著，实现了党风的根本性好转，风清气正，绝大多数干部应该是好的。但恶意纠缠、恶意告状仍让人苦不堪言。

听说两个人串联了一下，响应者寥寥。有一个村民在他们的缠磨下签了字，回头被老婆知道了，硬逼着他从告状信上把自己的名字抹去了。良心所在，邪不压正啊！

这两个人的告状信没有形成气候，不少谣言却像一股股小旋风，悄无声地在村庄的角角落落里翻卷着、窜动着。

"李为民和下台干部密谋，要如何如何……"

"他们和派出所商量好了，设了个套子，等着有人往里钻呢。"

"李主任私下给了黄长义一万块钱。"

"他凭什么给长义一万块钱？扶贫是让扶邹家寨全体人民呢吧，是让扶黄长义一个人哩？"

"查查他，查查他怎么下的账！"

……

捕风捉影、子虚乌有。

虽然没有什么密谋，但我的确跟卸了任的几位老干部都商议过工作。虽然没有设什么套子，但也确实在乡领导协调下去派出所交流过情况。这些，就算是捕风捉影吧，还有一丝风、有一线影。说给了老支书一万块钱，又是从何谈起呢？难道帮助老支书解决家庭纠纷，因此跟老支书走动多了一些，就是给了他一万块钱？信口雌黄！

有人计划等地收回来以后，整凹承包出去地都种完了以后再去告我。

"为什么？"

"因为那些地先前是林业地，等收回来种上粮食和蔬菜了，好告你擅自改变了土地用途，破坏林业。"一位村民提醒我。

可笑！当初曾经是林业地不假，已经被抢占耕种了九年。九年里人们种粮种菜搞养殖，没有一个人提出不能改变土地林业用地的事，现在要收地了，反而要拿九年前曾经是林业地的老皇历来说事。

嗨！

但是，不得不防。改天得抽空去找林业局咨询一下。

政策宣传到位了，邹家寨的空气中回荡着扫黑除恶的正义气氛。面对这种形势，谁也不愿意公然跳出来捣乱。连有志、秋喜们也只是在家里骂一骂，厉害厉害。要真站出来公开反对，还没有人敢试一试。一是抢地的事无论说到哪都理亏心虚；二是畏惧扫黑除恶的大气候，怕一不小心被抓了典型。于是，地上转地下，背后嘀嘀咕咕，造谣生事，暗中设置障碍。事到如今，能够借助组织的手把收地的事给搅和停了，是个别人最大的愿望。

有消息传来，说方平在阻挠别人报名参加投标，扬言谁敢去投标，就跟谁过不去！就跟谁没完！如果都不参与招标，收地也弄不成。这是他们的小算盘。

地收回来了却租不出去的风险始终存在。我已经在考虑如果收回来承包不出去，今年该先往地里种点啥了。反正地不能撂了荒，这是底线。跟郑支书、建红主任谈起，他们都有同感。而且作为村里的当家人，担忧更甚。

41

回头看，收地的两个月里，我时时能感受到深深的孤独。

多亏有那些善良淳朴的群众和公道正派的党员同志们，一有什么风吹草动，就及时提醒我们，让我们有了应对困难的思想准备。他们了解我们无私无畏的襟怀，知道我们推进工作的不容易。作为旁观者，也更能看清我们所面临的敌意和危险。他们暗中的提醒，让我们少走了许多弯路。他们的情谊，一直温暖着我们的心。

工作队是一个整体。虽然按照要求分成了三个队，但总体上我们都是开发办工作队的成员，都代表着开发办的形象。即使不能团结如一个石榴，起码也该是一串葡萄，而不是几颗互不相干的小土豆。正是出于这种考虑，作为分管下乡工作的领导，一直想把大家拢在一起，集中力量做一些既有意义又有显示度的事。团结起来，让一加一大于二，打出开发办的威风，是我的理想。

结果却事与愿违。有的同志对工作满腔热忱，工作起来认认真真，一丝不苟，对团队也很呵护。有的同志呢，没有集体的概念。进了村子，做了一点点事情，面对干部群众千篇一律的客套恭维，就飘飘然忘乎所以。

收地有风险，冲锋需谨慎。身后不怀好意的惦记让人不能不谨慎、再谨慎。多少精力都内耗在这些说起来都牙碜的人身上！然而，我毫无办法，只能在心里默默地骂一句。

我们没有能力去纠正别人，我们只能努力活出自己。即使四处碰壁，即使头破血流，即使成了世俗里的笑柄，也依然故我，宠辱不惊。

要完成收地，必须有一个过硬的团队。

而随着工作的深入，团队内的分歧也在加大。

反对收地的那几个人自知理亏，不敢站出来公开反对，而是躲在暗处，把自己的不满演绎成各种难以解决的诉求，通过贵保、通过彩霞、通过郑支书、通过其他途径传递到工作组里来。诉求可以坐下来研究，但具体诉求背后那横出难题、阻止收地的目的却透露出种种不善。有的问题是可以解决的，有的问题则是解决不了，或者短时期内解决不了的。之所以端出来就是为了出难题，给我们点颜色看看。

面对这种局面，工作组里有的同志看得明明白白，但为了权衡各方面关系或者选择了沉默，或者模棱两可，两不得罪。他们的心情可以理解，但是这样下去，收地的力量就被削弱了，凭空增加了失败的风险。

那么，群众呢？你不是代表了大多数群众在说话吗？群众在哪里呢？

毫无疑问，大多数群众是支持我们的。这从几番座谈走访中，从三年来和群众的交往中，从党员和老干部的反复叮咛中，我深信不疑。但是，大多数情况下群众不会挺起胸膛主动站在你的身后，而是满怀着期待远远地看着，看你在一番慷慨激昂之后怎么去做。你做成了，他们打心眼里拥护，从内心深处赞成你的主张，有可能会跨前一步坚定地站在你的身后。如果做不成，他们也不会声张，只失望地摇摇头，叹一声"这些干部也就是个这吧"，然后各自忙自己的去了。这之间的差别是，在我们做之前，群众是期待中的观望，是有期盼、有希望的。如果失败了，群众是摇着头走开的，是又增添了一层失望，又失去了几分信心摇着头走开的。

正是因为这些，事前在跟冯稳忠书记交谈的时候，老人不无担忧地提醒我，没有十成的把握，不要轻易出手。

一段时间以来，一直在瞒着爱人。

收地的事，她不赞成我做。

作为三十年来相濡以沫的妻子，她懂得我的执拗，也懂得我对党组织的忠诚。她怕我吃亏，一再劝我，不要再坚持了，人家说不对，认了就是了。人家不让管事，别管就行了。又不少你一分钱工资，安安稳稳过日子不好吗？后来无端受了处分，她目睹了我在医院病床上给办案人员打电话时近乎歇斯底里的据理力争，深深地为我担忧。听说我又要收地，一百个不同意。在家里一连几次很激烈地阻止，几近翻脸。我只好答应说，不管收地的事了，每天去村里签签到，晃荡晃荡，熬到五月份，下满三年乡了，就退出来。

收地的事得瞒着她，在家里不能说。

一身疲惫地回到家里，面对爱人，是深深的歉意。

有的时候，就是为了心中那点信仰在坚守。

有时候，做好事、走正道，会走得很累，会走得很孤独，甚至会走得孤家寡人，腹背受敌。

难吗？

难。

在艰难的时候，我在心里给自己打气说，你是男人。男，不仅仅是男女的男，也是困难的难，不怕困难的难，敢于直面困难的难。

眼下的这些，就算是作为一个男人应该有的担当吧。

42

看起来，招标报名的结果还可以。

计划招标的四个凹，里北坡报名 10 人，外北坡 13 人，东掌凹 4 人，西掌凹 4 人，全部符合招标的人数条件。方平、红斌等几家有抵触的群众也都报了名。没人参加投标而导致招标自然流产的担忧不再存在。大家都舒了一口气。这其中，凝结了郑支书、建红、贵保和耿书记他们许多心血。

24 日晚八点报名截止后，工作组马上开会对报名人员进行了资格审查，立马把审查结果公告了出去。

招标是收地的一个关键环节。招标会一开，确定了承包人，大局基本就定了。老百姓一般不会从个人手里硬抢。

一路走到这一步不容易，关键环节更得谨慎小心。有消息传来说，反对收地的那几户还在频频聚会，商议对策。夜里，一个养殖专业户喝了点酒，一路怒骂着走过半条街，"谁敢去招标、谁敢包地"是怒骂的主题。

风险依然存在。

为避免夜长梦多，我们决定 26 日就开会招标。开会之前，得去跟乡领导汇报汇报。既想汇报一下前期的进展情况，也想跟乡里提三个要求：一是想请乡领导到会上讲讲话，强调一下依法管理集体土地的重要性，毕竟收地在乡村是个大事、也是个难事，乡领导到场讲话有权威性；二是开招标会的时候想借用一下乡里的会议室，这样既能解决村里会议室太小的困难，也显得更正式、更庄重一些；三是想让乡里纪检书记和司法助理员到会做一个会场监督，保证公平公正，形式上也更规范一些，同时也给我们助助威。乡领导出面，有一定威慑力，个别人如果想在招标现场闹事的话，也会掂量掂量。

收地工作必须在党委政府的领导下进行，这是在收地方案里早就确定了的工作原则。

去的时候，我们几个信心满满，志在必得。

高书记没在，一转脸遇到了李乡长。

李乡长的态度大大出乎了我们意料。我们汇报了前期的工作，他对做好细节、化解风险提了些意见，挺有条理的。但一说到具体事，三件事一件都不行。

"乡领导不能参加，更不能讲话。如果现在参加了，群众会说乡里跟村里是穿一条裤子，将来一旦出现了纠纷，乡里就不好再出面了。得给乡里留下缓冲的余地。这是个小事，你们自己办吧。"

"借乡里的会议室？不行不行不行。乡里不能给全乡五十多个村其中的一个村提供会议室。再说以前也从来没有过这样的先例。"

既然说了乡领导不能参加，我们没敢再提让纪检书记参加会议的事，只说涉及依法收地，是不是让司法助理员参加一下会议，做个司法指导和监督？李乡长说司法助理员参加倒是没什么，可他去了又有什么用、有什么必要呢？所以还是免了吧。

按照这位领导的思路，似乎不认为我们的工作是为了整顿乡村秩序的正义行动。话语间，我们和有可能捣乱的村民之间更像是一次对等的民事纠纷或群体斗殴，只是因为意见不合打成了一团。

穿一条裤子？我们都是在依法治理乡村，都是在贯彻中央精神扫黑除恶、振兴乡村，为了一个共同的目的，办着同样的一件事情，穿一条裤子有什么不对呢？

对将要出现的冲突，还仅仅是一种预测、一种可能，仅仅是诸多可能事件中的一种。至于会不会出现，什么时候出现，激烈不激烈，激烈到什么程度，都还是未知数。只是我们作为组织者，必须得想到可能出现的恶劣情况。凡事预则立，不预则废，有备则无患，我们不能不有所准备。也许明天一切都风平浪静，今天想的这种种都是杞人忧天。但想让乡政府声援一下，提高一下招标权威性的企图彻底破产了。

从乡政府出来，心情有些黯淡。同志们也很受影响。马当先气愤地说："像这样的话地就不用收，也没办法收。小事？小事这么多年了你们怎么不早早收回来呢？"秀丽提醒说，用不用再跟高书记说说？我摇了摇头。话已经说到这个份上，即使高书记理解，又能怎么说？己所不欲勿施于人，我们不能为难任何一个同情、理解、支持我们的好同志。罢了吧。

满腔热情遇到了透心凉雨。

失落。

最后，李乡长为我们联系了乡政府所在地峡口村活动中心一间比较大的会议室，也算是对我们的一种支持吧。

43

乘兴而来，败兴而归，我们一车五个人心里都闷闷的。工作做到了这个份上，原来以为乡领导会很满意、很鼓舞、很支持的。

回村里的路上，我懒懒的，不想说话。外援没有，救兵没搬来，看来只能横下一条心，我们自己光着膀子硬扛了。马当先和文秀丽也都挺气愤。平和书记默不作声。乡里是郑支书的直接上级，郑支书就更不好多说什么了。

不管就不管吧，从另一方面说，也许不是坏事。没有了依靠，早点杜绝了依赖思想，或许更能做出自己的风采。试想如果双方已经短兵相接、相持不下，眼巴巴地等着援军到来的时候，突然得知援军压根儿就没计划来，怎么办？只会败得更惨。眼下，我们只能自己团结如一，迎着不确定的困难上了。不这样，又能如何呢？

到了村里，他们几个先回村委了。我上了个厕所，又到小卖部买了包烟，随口跟小卖部的几个百姓聊了一会儿。马上要招标了，群众都比较关注。这是村里的一个新生事物，我也愿意多跟大家聊一聊。

这时候，平和书记和马当先、文秀丽已经返回了村委。马彩霞正怒气冲冲地等着他们。

"耿书记，你们去哪儿了？去乡里怎么就不叫上我哩？"

平和回答说他也不知道的时候，郑支书进了屋，闷闷不乐地走到自己的办公桌前坐下了。彩霞马上冲着郑支书走过去，"郑支书，你们去峡口，怎么就不叫上我哩？我还是这个工作队的队长呀！谁把给我下了？我怎么就不知道？文件在哪儿哩？"

郑支书一时懵住了，眼睛透过近视镜片往上呆呆地瞅着彩霞不知道说什么好。

彩霞返到她的宿舍找出一份文件，翻到写有她名字的那一页，左手端着，用右手食指一下一下戳着文件，"我只有这一份文件呀，这个文件上写着，我是工作队的队长。咋就不叫我了？你给我说说，你给我说说呗！"

在彩霞反反复复的质问中，郑青只是仰脸瞅着彩霞，一动不动。也许在他的工作生涯里，遇到这样街头吵架式的中年女干部还是第一次吧。太过意外，年轻的支书一时不知道该如何应对了。

平和他们几个和在场的其他人也不知道该说什么。贵保不想搭理她，抽着烟厌恶地扭头看着窗外。

我一进办公室，就感觉到了气氛的异样。坐下刚刚端起水杯，还没来得及喝一口，彩霞就高举着文件，"哗啦哗啦"抖着，气哼哼地转身面向我："李主任，你给我说说，我是邹家寨工作队的队长，你们去峡口，为什么不叫我？"

我心里那个气呀！都什么时候了，招标在即，后援没有，前途不明，还纠缠在谁去了谁没去这些个鸡毛蒜皮里！我强压着恼怒："我们走的时候你不是没在嘛！这也不是什么大事，何必纠缠这个呢？"

"我是工作队队长，外村工作队的都能去，我为什么不能去？"

彩霞仄楞着身体冲着我，微微昂着头，一副必须给我说清楚的架势。我望着她，想起当初王州在刘张村会议上的情景，在心底暗暗叹了一口气。扭头看了看郑支书，从他的眼神里读出一丝同情和无奈。唉！马上要招标了，招标不能有任何闪失。别的，都当是小事，都过去吧。

"彩霞，去峡口是找乡领导汇报怎么开招标会的事。走的时候，你正好不在。"彩霞打断我说，不在也可以打个电话叫回来呀，我止住她："这个怪我当时没有考虑那么多。现在，咱们的任务就是收地、招标，这是大局。不要再在这些枝节上纠缠了。"

她依然不依不饶，我在全屋子人不约而同的关注中截断了她的话："不用再说了！有问题以后再说。跟收地无关、跟招标无关的话都先放下！"

44

招标会议定在 3 月 26 日上午，九点半准时开始，地点就在峡口村党群活动中心。

经过一天紧锣密鼓的准备，会议室基本就绪。

说是招标，其实并不算严格意义上的招标。这对我们是个新事物，我们谁都没有做过，也不知道该怎么做，会议该怎么组织。担心有人捣乱，在工作组的会议上我主动要求由我来主持招标会。

磕磕绊绊走到这一步不容易，不敢有丝毫大意。我们找来《中华人民共和国民法通则》《中华人民共和国招标投标法》等文件认真读了一遍，又从网上搜了拍卖会的视频看了好几遍，大致形成了一套工作思路。为了防范有可能发生的现场冲突，我们认认真真读了《中华人民共和国治安管理处罚法》。郑支书跟派出所也进行了沟通，一旦出现违法闹事的行为，马上报警。由派出所出面依法维持秩序。

本来想交给专业的招标公司来做，事先郑支书问询了几家公司，收费都在一两万元以上。把钱花在这些程序上我们都于心不忍，只好作罢。

虽然不懂招标，也不懂拍卖，但我们目标很明确，就是把收回来的土地用平等竞争、公平公开的方式承包出去。公开举牌竞价，出价最高的中标，现场确定承包人。这是我们临阵磨枪学习之后形成的思路。

会议的名称是认真思考过的。因为形式有些不伦不类，我们没敢叫招标会，更不能叫拍卖会。斟酌再三，我们叫"邹家寨村集体土地承包经营权竞价竞标会议"。跟平和、小亮他们议了一下，大家都赞成。

会场设了主持席、竞标席、领导席、记录席、监督席、老干部代表席和旁听席。

村两委干部、第一书记、工作队队长全部在领导席就座。原来计划乡里有领导来的，都来不了，就村里和工作队的领导吧。

专门从单位请来韩君、小魏两位精精干干的年轻人记录竞价的全过程。记录结果在每一个环节都要现场向大家报告。会议记录资料事后是要归档保存的，来不得一点马虎。

原来计划监督席是留给乡里纪检领导和司法助理员的，他们来不了，会议监督就非冯稳忠书记和小晋同志莫属。冯书记在邹家寨挂职当过支书，对村里很了解，而且在收地问题上旗帜鲜明，很受群众拥戴。如今虽然已经从乡领导的位置上退下来了，但一身清正、气度凛然，是会议监督的最佳人选。小晋同志在邹家寨挂职第一书记期间，办事有理有据、刚正不阿，深得百姓信服。监督就得讲原则，不怕惹人，不能拖泥带水和稀泥。这一点，他俩都让人信服。

一个月来，村里的老干部给我们留下了很深的印象。那份坚持正义的凛然，那份对集体事业的关心、对工作大局的站位，都让我们感动。还有处理矛盾冲突的建议也让我们深受启发。集体的土地被抢，毁坏的是村里公平正义的社会秩序，老同志们都很气愤。工作组要收回土地，老干部们不约而同一致拥护。今天是收地工作的一个重要环节，我们想让老同志们亲眼见证一下这个庄严的时刻，所以专门设了老干部代表席。

对要不要设旁听席，曾经有过一番争议。一些同志主张不要设，不要让人旁听，把投标的人一个一个叫进来，说完了就走，免得人多了起哄，再闹出事来。邹家寨"乱村"的帽子戴了许多年，干部们心有余悸。

我不赞成。竞争必须公开，不能遮遮掩掩，再留下后患。招标必须公开，即使不专门邀请大家、不刻意要求大家来旁听，但凡愿意来旁听的我们都应该欢迎。我们做的是阳光的事情，就是要彻彻底底展示在阳光下，让大家都监督。即便真有人要捣乱，也要让他在阳光下公开"表演"。

还有一点小心思。村里办事上还是有一定随意性，依法依规办事还没有形成习惯。按照我们制定的《管理办法》，以后这样的招标承包活动还会有。我希望大家都能来看一看，对以后的工作也是一个引导。所以，我的想法是，旁听的群众来得越多越好。至于有人捣乱的事，一般性的捣乱，我们能够控制局面，我有这个信心。捣乱到违反法律的程度，请派出所依法果断处置一下，也出不了什么大岔子。如果真发生了那样的情况，对在场的群众也是一次扫黑除恶的现场法制教育。人是要有一点敬畏心的。邹家寨乱，乱就乱在许多人没有了规矩意识，没有了敬畏感，谁厉害谁说了算。如果真有人超出了法律规定的范围，处理他没商量。也算他为邹家寨法制建设做一点贡献吧。

为了减少不必要的干扰，安排马当先负责会场秩序。"机灵点，做好应付混乱局面的准备。"我举了举手中的手机这样安排他。他也举了举手机，会意地点了点头。

小亮有事没有来，我心里有点空。小亮是我们单位的优秀年轻人，干工作干净利落，而且品格纯正，是非分明。在一起下乡快两年了，感到乡亲们对他也很亲和、很信任。这种亲和和信任是发自内心的，而不是那种当面的恭维客套，或者为了展示给领导看而刻意端出来的誉美。今天如果他在，和马当先一起照看会场，就更稳妥了。

秀丽把四个凹土地放大图端端正正贴在会议室墙上。按照会议程序，招标开始后，参与每一块地竞标的每一位同志要在工作人员的指引下逐一对着地图核对无误，并向会议高声报告："核对无误。"然后，竞标才可以正式开始。

这是程序，必须认认真真去走。

有一项议程，会议监督人员宣读会场纪律，须小晋一条一条仔细宣读。这也是程序。

每一轮竞标开始，投标人要把《投标通知书》和身份证明摊开平放在桌上，由秀丽和小韩两位工作人员认真查验后向大会报告查验情况。尽管来投标的都是村里人，彼此都非常熟悉，但这是程序，不能省。

只有很少的人知道，我之前对招投标全然不懂。我不敢表露出来。既然遇上了新问题，会不会都得做，没有退路，那就现学现卖，沉下心来好好做吧。我按自己的理解设计出一套办法，领着大家严严肃肃地一步一步落实。

我想以自己表现出来的坚定给大家以信心，还想以严格的程序体现本次招标的严肃性和权威性，以此来减少不必要的质疑和猜测。

9：30。

音响到位。

地图到位。

材料到位。

公章到位。

麦克风到位。

报价牌到位。

会议记录到位。

会议监督到位。

工作人员到位。

老干部到位。

村领导到位。

工作队到位。

市电视台的新闻记者也闻讯赶来了，架起摄像机，选好了角度。

万事俱备，静等开场。

然而，投标的人却没有来！

45

是的，投标的人没有来。

耿平和书记负责投标人签到，九点半的时候，他报告说四个标段，17 名报了名参加投标的人只来了 4 个人。

是，没有听错，只有 4 个人。

这次招标一共四个凹，四个标段，里北坡报了 10 个人，外北坡 13 个，东掌凹 4 个，西掌凹 4 个，因为有的人同时报了两个凹、三个凹，所以总共涉及 17 名投标人。到现在，开会的时间已经到了，只来了 4 个人。每一个标段都不具备三人以上的开标条件。

郑支书了解了一下情况，匆匆把我拉到一边，紧张地说："都聚在村委。方平他们拦住不让来，说邹家寨的事只能在邹家寨办。"闯过了前面的沟沟坎坎，我和郑支书磨合得越来越默契了，一有事我们首先想到的就是找对方商量。

吃早饭的时候曾接到过一个老同志的电话，说昨天晚上，方平他们几个在邹家寨沿街一路叫骂，放出狠话，坚决反对去峡口招标，说邹家寨的事只能在邹家寨办，除了邹家寨哪里也不去，谁也不许去。

当时没太在意，现在看来他们说到做到，真的动手了。

之前设置的路障被我们一个个移开以后，眼看收地成功在即，再不下手就没有机会了。他们急了，要赤膊相向、最后一搏了。

郑支书忧心如焚："咋办？用不用先跟书记乡长汇报汇报？"

我出于直觉制止了他。到底该怎么办，我心里也没有谱。

看来今天是摊上事了。投标人不到场，就没法招标。不招标，地就承包不出去。承包不出去，就面临着几种可能，或者撂荒，或者以前谁抢的谁还各自种着。眼下名义上地已经在集体手里，如果承包不出去会不会发生第二次哄抢，也未可知。而无论出现上述哪一种可能，前面所做的一切努力都将前功尽弃，收地工作满盘皆输。收地失败了，邹家寨将更乱，将更难以收拾。

一路走来磕磕绊绊就没断过，但小车虽破，一直在推着往前走。难道今天这个坎就推不过去了吗？

怎么办？

怎么办？

谁能告诉我们现在该怎么办？

我心里犹如百爪挠心。

但是，不能乱！

绝对不能乱！

我是这次收地的主要负责人，大家都在看着我。我的态度直接影响着同志们的情绪。我一慌乱，影响了大家的信心，局面就更不可收拾了。

我强作镇定，对郑支书说："别着急。让我想一想，一会儿咱俩再商量。"

离开郑支书，远远地去找地方上了个厕所，避开人们关切的目光，让自己冷静冷静。

人们应该已经知道发生了什么。会场内外，满是探询的眼光，同志们的关切和担忧挂在脸上。

许多来现场旁听的群众也在三五成群地窃窃私语。

大老黄这一段时间一直在市区打工，今天是专门请了假来旁听的。见我走过，关切地问："听说他们不来？"

我佯装轻松地笑笑："没事，再等等吧。"

很尴尬。

精心搭了个台子，灯光、音响、道具、观众全部就绪，开场锣已经响了两通，就等着拉开大幕了，突然发现演员不来了。

又好比用心忙活了一桌好菜，酒已斟满，菜已上齐，就等着开怀畅饮了，却突然被告知，要请的客人不来了。

这都是什么事啊?!

那么，我们在这边焦急地等待的时候，几公里外的邹家寨在干什么？黄方平他们又在干什么？叫嚷？谩骂？争吵？围堵？静坐？

已经到场的一位投标群众接到一个电话，好像是方平打来的，问他现在在哪里，他说在会场。电话那头马上骂过来："你去会场干什么？你这个叛徒！"

建红主任拨通了一个投标群众的电话，问他在哪里，对方回答说在邹家寨大队院里。建红有些火："在大队院干啥？你不知道今天是在峡口招标吗？！"

"不知道"三个字启发了我，我灵光一闪，问建红："这个是谁负责通知的？"

按照我们昨天的工作分工，除了在村里张贴公告和在微信群里公告会议通知以外，对每一个投标的群众都明确了一名村干部负责面对面通知到人。当时这样做，就是为了避免有人找碴推辞说没接到通知，不知道在哪开会而横生枝节。

问清接建红电话的这位群众是村委副主任银平负责通知的，我马上把银平叫了过来，当着众人的面大声责备道："你是怎么搞的？让你通知人，你怎么告诉人家是在邹家寨大队院开会呢？"。

银平很委屈："没有啊，我跟他说得好好的，是在峡口开会呀！"

"那×××怎么说是在邹家寨村委等着开会呢？"

银平还想解释，我截断了他："不要再说了！赶紧去落实！连通知个人也干不好！"

他委屈地去一边打电话落实了。

我心里知道他的委屈。银平干事还算踏实，相信他一定通知到对方了，而且通知得很清楚。可眼下这局面，不压他，让他去落实，又能怎么办呢？情急之下，也只能委屈自己的同志了。

从秀丽那里要来报名投标的人员名单，把负责通知人的几个村干部叫到一起，一个人一个人落实。你通知的是哪几个人，谁来了，谁还没来，什么原因没来，马上落实！几分钟后给我回话！

几分钟后，情况回来了。有的说在邹家寨等着开招标会，方平他们拦着不让去峡口。有的说，没有车，去不了峡口。方平、红斌他们几个干脆就不接电话。

没有车好办。"马当先、平和，你俩开车去把因为没有车来不了会场的同志接过来。其他有谁还想来，也一起拉来。"

俩人二话没说，开车就走。

让耿平和去还有一层考虑，他为人随和，平日里嘻嘻哈哈，跟大家处得都很好。他去了，也许能缓和一下气氛。

郑支书不太想让马当先去，因为当先刚直，怕他去了一言不合激化了矛盾。想拦，他俩已经走远了。

"郑支书，你也去。"

这是冯书记给我的建议。支书是村里的当家人，大家总免不了有这样那样的事会求到当家人。他去了，有些村民会有所顾忌的。

　　剩下的事就只能等着了。我若无其事地转了一圈，发发烟，搭两句话，安顿大家不要着急，等一等，再等一等。其实，最着急的人是我。

　　过了一会儿，秋梅和另两个投标人领着几个群众来了。他们是突破了黄方平们的重围赶来的。秋梅说："咱不管他们那些事，咱是来租地的，又不是来生气的。"我心里很是感激。秋梅是个女强人，精明干练，有主意。因为对老公公不好，我严厉批评过她。但在地里地外的生活上，她的确是把好手。

　　平和去村里接人了。想找彩霞给秋梅他们三个签个到，却不见了她的影子。

　　"喂，彩霞，你在哪呢？"我拨通了她的电话。

　　"我在去邹家寨的路上。"

　　"去邹家寨干什么呢？想让你签到呢，怎么找不到你人了。"我有些不太高兴。这节骨眼上，即使去哪，也总该打个招呼吧？该来的硬不来，不该去的非要去！

　　"我看没我啥事，就出来去邹家寨拉人了。"电话里，她这样说。

　　从心里不想让她去邹家寨。收地工作启动以来，每每反映问题，她时常站在反对面上。老百姓也有反映，好几个人提醒过我，担心她走东家串西家起反作用，把事情搞砸了。方平、红斌他们几户跟她都很熟稔。眼下正是相持较劲的关键时刻，她自作主张跑回去会不会把问题弄得更复杂了？我有顾虑。况且耿平和、马当先和郑支书回去，接人的车辆已经够用了。

　　我要求她马上返回来签到，不要去邹家寨了。她没有理我，挂断电话顾自去了。这就是彩霞。

　　焦急的等待中时间过得很慢。

　　给平和打电话，他没接。估计那头正乱着。

　　打通马当先的电话问他在哪，他说他在车里坐着等，郑支书、平和在做方平他们的工作。"乱哄哄的，还是拦着不让去。"

　　"为什么？"

　　"还是说必须在邹家寨开，不在邹家寨就哪儿也不许去。"

　　我默默放下了电话。

　　这次借用峡口村的会议室招标，主要是因为邹家寨的会议室太小，摆不开。其中也有想避开村子，减少干扰的意思，谁也没有说破。而且，峡口村是乡政府所在地，招标的会议室与乡派出所仅 300 米之遥。这也许是方平们不愿意来的原因之一吧。

现在，方平他们如此激烈地反对来峡口开会，强烈要求就在本村开，拦着挡着不让别人来招标，赤膊上阵，急赤白脸。看来，没有在村里招标的确让他们不方便了。那么，他们的不方便是什么？招标，在哪里都是招标，无非是开会地址不一样罢了，怎么就会给他们造成如此大的不方便？他们计划干什么？事出反常必有妖。这反常的后面会有怎样的阴谋？煽风点火，聚众闹事？冲击会场，搅闹会场？让招标进行不下去而自然流产？果真是这样的话，那会议选在峡口村就是非常正确的。

真相，我们不得而知。

真相，也无须再知。

地，我们是一定要收回来的。无论遇到什么困难，一定要完成目标，雷打不动。如果谁想搅和搅和就阻挡住我们的步伐，想设个绊子，乱一乱，吓唬吓唬，就拦住收地的进程，挡住公平正义的道，在我这儿，想都不用想！不管用什么办法，春播之前，地的问题必须解决。

集体的地，必须得姓公！

十多天后一个斜阳淡淡的下午，收地工作已经尘埃落定，再无悬念。跟一位村民聊起当初方平他们不让去峡口招标的事，他告诉我，那几个人就是想把招标搅黄。"谁也不许去，就让他弄不成，最后还是咱们几户分了种算了。"这是他们当时商量的话。

另一位村民告诉我，招标那天，方平他们真急了，一大早就把几辆面包车一字排开横在村口，堵了出村的路。嘴里还骂骂咧咧的，凡是去参加招标的谁也不许出村。后来有人提醒说堵路动静太大，怕被人报警，这才让开道路，把能吓唬住的人们都圈到了大队院里。

早晨耿平和书记开车出村的时候，正是方平们骂骂咧咧堵路的时候。耿书记是下了车和方平嘻嘻哈哈了好一会儿，方平才给他让开一条路，放他出来的。也许是心里太紧张了吧，这么重要的动向，耿书记到了会场一句也没跟我提起。如果他说了，好歹也提前有个防范呀。

这些都是后话。在那一天，3月26日，峡口村党群活动中心会议室，我们在焦急地等待的时候，并不能准确地知道黄方平他们到底亮的是哪路牌。

"什么玩意儿！不成个体统。"我在心里骂道。

忍不住又打通了郑支书的电话，里面乱糟糟的，他和耿书记还在做他们的工作。

会场这边应该有个态度，应该给郑支书他们一点声援。我往村民群里发了一条微信：

> 邹家寨集体土地承包经营权竞价竞标会议正在报到。目前已有 7 名投标人到场报到。
>
> 请其他同志抓紧时间到场。如逾期不到，将按投标阶段弃权处理。
>
> 有扰乱招标秩序，或恶意阻挠其他投标人参加会议的，自负其责！
>
> 请各位投标人遵守自己的承诺，不要受任何蛊惑、干扰。

按照《招标公告》，投标人报名的时候都交了数千元保证金，而"投标人无正当理由未在规定时间内到达招标会场的，视为弃权。投标人弃权时，保证金不予退还"这一点，投标人是签过承诺书的。

如果他们弃权，保证金坚决不退。谁来说情也不行，组团说情也不行。不但不退保证金，对恶意阻挠招标的，还要依规定追究责任。这是原则。没有原则，就没有规矩。没有规矩，将一事无成！我打定了主意。

又是几十分钟过去了，郑支书和平和书记那边还和他们胶着着。

让秀丽拿来签到表看了看，里北坡、外北坡投标人员已有 3 人到场，按规定达到 3 人就可以开标。东掌凹、西掌凹各来了两个人。实在不行的话，就现场召集工作组开个会，商议一个临时决议。特事特办，就在这两个人中竞标产生承包人吧。我是收地负责人，出了问题我负责。反正不能让恶意搅闹的人得逞。

豁出去了。

再一次打通了郑支书的电话，告诉他，实在不行就和耿书记回来吧，不等他们了。

同时，在村民群里又发了通知：

> 邹家寨集体土地承包经营权竞价竞标会议将于 10 点 30 分准时开始。
>
> 根据目前报到情况，标段 1、标段 2 已经具备开标条件。
>
> 标段 3、标段 4 各有 2 名投标人到场。如果届时报到的投标人仍不足 3 人，工作组将临时研究启动特别程序确定中标人。
>
> 请大家注意把握时间。

经过思考，我心里有谱了。

黄方平们之所以跳出来阻挠，无非是为了点利益。能够阻止收地，维持土地现状，自然就保住了自己的既得利益。拦住不让人们来参加投标，是为了造成人员不够，不具备开标条件的局面。在他们看来，投标人不到场是我们的软肋。人不到场，就招不成标。招不成标，地就承包不出去。地承包不出去，就只好谁抢的谁还先种着。这样，利益就保住了。

现在，里北坡、外北坡已经具备了开标条件。东掌凹、西掌凹虽然人不够，但工作组成员几乎全体都在会场，不得已的情况下我们可以启动特别程序确定承包人选，让他们的阻拦毫无结果。

你有千条妙计，我有一定之规。

收地拦不住，还有可能因为拒不到场而失去竞标承包的机会，他们还会硬撑下去吗？而且，失去承包的机会不是一年两年，合同一签就是六年。如果今天弃了权，再想参加投标就是六年以后的事了。黄方平们会放弃这个机会吗？被方平们裹挟的人们会放弃这个机会吗？我知道，这几凹土地大家都挺看重的。况且，如果弃权的话，眼下就要承担几千元报名保证金不予退还的损失。这是明明白白写在招标公告里，报名投标的人们也一一签字做过承诺的。

兵来将挡，水来土掩，任尔东西南北风。

剩下的事，就是耐着性子等到 10 点 30 分了。

分分秒秒，滴滴答答。这时候，在邹家寨村委，一向沉稳的郑支书已经口干舌燥，好脾气的平和书记也涨红了脸在跟他们理论。

　　黄贵保在一家办丧事的人家张罗着当主管，也赶过来板着面孔做说服工作。这就是贵保。虽然平时也提些不同意见，也替那些户争取些利益，但关键节点上不糊涂。

　　一片乱哄哄中，郑支书真失望了："该说的我都说了。听不听，你们自己考虑吧。"说完伸手一拉平和："耿书记，咱们走！"

　　在郑支书"砰"的一声关上车门的同时，方平他们精心构建的阵营终于垮塌了。

下篇：驻村帮扶笔记
——地，就是这块地！

46

10 点 30 分，招标会议准时开始，包括方平、红斌在内的所有投标人员悉数到场。

会场气氛庄严肃穆。方平、红斌他们默默站在等待竞标的人群中，与大家毫无二致，似乎看不出刚才发生了什么。仔细看去，似乎一脸平静的后面又有一些无奈和不甘。他们的家属和村里许多群众都来了，按规定站在会场后面的旁听区。旁听席安排有座位，已经坐满了。

郑青支书简短讲话后，竞价竞标正式开始。

经过前面的一番角力博弈，接下来的流程竟顺利得出乎意料。就像一对武林高手，在赛前一搭手，谁有几分功力已经心知肚明，高下立判。到了比赛的时候，无非顺流而下，走走招式而已。

招标会议紧张严肃，有条不紊，没有任何人做出任何出格的举动。最终按部就班公开举牌竞价产生了 4 个承包人，在大家共同的监督和见证下，当场与村委签订了中标通知书。

当我手中的木槌最后一次高高地举起，重重地落下，在那面大铜锣上锤出韵味十足的一声"咣"的时候，我如释重负，一股成就感油然而生。心底深处，似乎有两行热泪交织着欣慰和委屈、期许和责难、喜悦和哀怨、信念和彷徨蜿蜿蜒蜒、曲曲折折地缓缓流过心田。

左右看看，同志们脸上尽是欣慰和喜悦。

一锤定音。

至此，四个凹的土地各得其所，招标会议圆满结束。

47

下午返到村里，一位老大嫂迎上来喜不自禁地问："打赢了？"

我点点头："打赢了。"

是的，我们赢了。邹家寨的老百姓赢了。尽管赢得艰难，赢得辛苦，赢得一波三折，但，我们赢了。

傍晚驱车返城的路上，马当先和秀丽在车上都睡着了。

开始收地以来，每一次下乡在车上讨论的都是收地的事，几无例外。今天，终于可以稍稍松一口气了。

他们累了。

这些天来，为了收地，他们跟着我不分昼夜，不管休息不休息，不管分内分外，一路颠簸，一路走来，的确是累了。

他俩都明显地晒黑了。马当先偶尔到单位一露脸，有同志还戏谑地称他为"包工头"。心里装着邹家寨的公平正义，脸上吹着乡野最强劲的春风，走家入户，登高爬低，他们黑了。

明明是来协助工作，是来做好事的，因为不是邹家寨工作队的人，除了繁重的工作，还要面对部分群众的不理解，面对反对收地的人的冷言冷语和旁敲侧击，还要面对自己队伍里个别同志的冷脸和挤兑。

想起一句老话：哪有什么岁月静好，只是看谁在替你负重前行罢了。

面对他们，心里是深深的感激和歉疚。

同样感激的还有平和，还有小亮，还有郑支书、建红、小梅、二强、贵保……

他们真的辛苦了。他们完全可以安安生生、轻轻松松地把扶贫的规定动作做好，做漂亮。是我，为了心中的理想，硬把大家拉上了这叶扁舟，一程风雨，一程炎凉，披荆斩棘，历尽波折。当然，同志们的支持，不仅仅是支持我，更是出于一腔公平正义、一副古道热肠，出于对乡村秩序的维护，出于对弱势群众的关爱。我深深地感激他们。

总结的时候，最常说的一句话是：大家都不错，大家都辛苦了。这是一句套话。放之四海而皆准。但也是一句废话、一句不负责任的话。特别是其中那个"都"字，饱蘸着满满的不公平。忠诚敬业的人们的艰难跋涉和无私奉献，应付差事的人们的敷衍塞责和虚与委蛇，甚至心怀不善的人们的下绊子、出偏力，都被这一个"都"字硬生生地扯平了。

前几天看到一篇微信文章《请善待单位的老实人》。的确，我们欠老实人的太多、太多。因为不争不闹、不找不告就忽略他们的贡献，用一个"都"字就和不好好干的人轻描淡写地扯平了，这是最大的不公平。

每个部门、每个村庄、每个群体里都有一些默默奉献的老实人。不争不抢，不是因为他们傻。不吵不闹，不是因为他们不懂。他们有他们的为人品格和做事标准，他们有他们的良心坚守和对党、对社会的信心与希望。他们是一个部门、一个村庄、一个群体的中坚和底蕴。

48

接下来的工作既日常又顺理成章。

招标结果在村里进行了公告。

郑支书认认真真地在落实招标的善后工作，完善合同、接待群众来访、退还未中标人员的保证金。

上级又安排了几项帮扶方面的工作任务，平和、彩霞、小亮他们在配合村里落实。

贵保鼻梁上又架起了老花眼镜，趴在办公桌上开始一项一项填表、算账。

建红依然默默地里外忙碌。

招标结束，秀丽和马当先赶紧回东王庄了。那边也是一堆工作上的事在等着。这些日子没明没黑地在邹家寨帮忙，东王庄已经开始有意见了。

市电视台新闻频道对邹家寨收地做了专题报道。日报社记者从扶贫网站得到消息后，专门联系做了采访报道。邹家寨收地引起了社会各方面的关注。

乡里高书记说：收地对邹家寨具有划时代的意义。他对工作的定位，他的大局观和政治站位高度始终让人信服。

收地像一股强劲的春风，贴着邹家寨的地面硬硬地掠过。过后，人还是这些人，村还是这个村，黄狗还是那条大黄狗，老槐树还是那棵歪脖子老槐树，似乎什么都不曾发生。然而，在这依然故我的后面，一切都在润物无声中悄然发生着变化。春草已经隐隐地泛绿了。过不了多久，又是一番绿油油的生机盎然。我们无法辨别到底是哪一股春风驱散了残冬，吹绿了春草，但，草却是不可逆转地要绿了。

春天来了。

一位看着面熟但叫不上名字来的村民专门找来，就说了一句话："你们是真正的共产党员！"说完，转身离去。

我们心里暖暖的。

接下来，签订好四个凹的承包合同，安排好第五个凹的去向，让几家养殖场跟村委签下租用合同，交了占地费，然后，扫尾、总结，这项工作就圆满结束了。

"看来，再有一个星期就彻底完成了。"我这样想。

是的。很快就要结束了。

如果不是那场山火的话。

49

火是从村西边的山上蔓延过来的。

西面邻村的林子里有了火苗，火借风势，像长了翅膀一样，"呼"的一下就飞了过来。于是山梁上的油松一片连着一片"噼噼啪啪"地燃烧起来。

这是招标之后的第三天，是我们约定的准备正式签承包合同的日子。

水火无情。所有的人都放下手头的活，无条件地奔上山，投入到救火的队伍中。七十多岁的老支书也拄着拐棍一瘸一瘸地去山根儿救火，结果又崴了一下，腿更瘸了。

救火使人们实现了空前的团结。微信群里满是着火、救火的消息和人们焦急的询问。村里的人们白天救火，夜里看山，夜以继日地守护着自己的家园。工作队也和村干部一道跟大家奋战在护林救火的第一线。遇到老党员学贵从山上撤下来歇一歇的工夫搭了几句话，见老人的腿在打晃。贵保的嗓子在山上已经喊哑了，仍拼了力气嚷着，招呼着大家。建红主任眼里布满血丝，脸更黑了，头发被燎去了一片，身体也似乎又瘦小了一圈。

都在村南的山上手忙脚乱地救火的时候，村北坡下方平家院子旁边堆放的旧木料又着火了。幸亏耿书记和小亮正好路过，奋力扑灭了。着火点距离村北的松林只有三四十米。北坡的油松更多、更密，而且与北边几个村子的森林紧紧连着，是一个连绵不绝的整体。一旦着火，后果不堪设想。知情的人们不由得倒吸了一口凉气。

火情让签合同的事自然中止。我们及时发出了《关于延期签订承包合同的公告》。这样，既是让大家集中精力安心救火，也避免工作不严谨被人挑毛病。

收地使邹家寨远近闻名，着火再一次让邹家寨成了关注的焦点。在乡镇组织下前来帮助救火的外村群众很自然地问到了收地的事，于是又有谣言说，第一次山上着火是从西陵底串过来的，第二次的复燃，还有方平家门口的火是有人故意放的。放火的原因是对收地不满。

猜测也好，谣言也罢，只要没有证据，就全当是空穴来风，一笑了之。抽空和郑支书、建红主任交换了意见，他们也是这个主张。

谣言和揣测也是意见的折射。

这一个多月来，收地是邹家寨最大的事，是焦点中的焦点。收地到底是对还是不对，好还是不好，明显地分为两派。有的人赞成，很坚决地赞成，暗地里拉住我们悄悄竖大拇哥。有的人反对，激烈地反对，在背后编了材料，要找人联合签名去告我。连上告的机关都选好了，市纪检委。

立场不同，利益不同，看问题的出发点不同，自然看法迥异。很多时候，大家异口同声、一致拥护的事少之又少，少到近乎零。关键是看你站在什么立场上，代表谁说话罢了。代表了少部分人的利益，这部分人拥护你，而失去了多数人的信任。代表大多数人说话，可能侵害了少数人的既得利益，大多数人愿意跟你站在一起，而那少数人仇恨你，甚至是刻骨地仇恨你。这就是立场。无法调和的时候，我们必须做出选择。

在收回被侵占的集体土地这个问题上，我们毅然选择了大多数群众的利益，选择了坚守和担当。我们无憾。

秀丽是开发办工作队的宣传委员，做了个收地的美篇在全市脱贫攻坚微信群里发了，题目叫《集体的地，必须得姓公！》。好评如潮。

单位小魏同志见了，留言说："这个必须得点赞！"他参加了招标会议，知道一些其中的艰辛。

我也想说："这个必须得点赞！"给美篇点赞的同时，心里暗暗为年轻同志的正义感点赞。

50

大火过后，四个凹的承包户跟村委签订了土地承包合同，高高兴兴地去备耕整地了。

里北坡被红斌承包了。他自家盖的蔬菜大棚就在里北坡，他的大棚问题自然解决。

方平的棚在里外北坡的交界线上。红斌和方平关系不错。"方平的大棚算在里北坡比较好办。是不是就把它也算在里北坡？"郑支书跟我商量说。估计是方平跟他提出的这样的要求。

其实我是不赞成他的观点的。是就是，不是就不是，干啥要"算在"里北坡呢？想办法化解矛盾是对的，但要在坚持原则的前提下。撇开规矩，一味强调化解矛盾，甚至以毁坏规则的代价去缓解一时之痛，是一种把原则功利化、实用主义化的做法，无异于饮鸩止渴、剜肉补疮。

没有调查就没有发言权。第二天一进村，我与平和他们直接到方平的大棚勘测了现场。又去村里随机询问了两个毫不相关的老人，确认这块地按村里习惯很早以前就是在里北坡的，这才放心。

郑支书释然了，说："算在里北坡了，问题就好解决了。"方平和红斌关系不错，他俩的事他们自己协商，方平的大棚问题可以迎刃而解。

后来的结果也确实如此。"但是，"我提醒郑支书说，"那块地算在里北坡，不是因为解决矛盾方便，而是客观上它就是里北坡的。如果它是外北坡的，即使再对解决矛盾有利，也只能是外北坡。原则不能变。"

郑支书年轻，有上进心。经过这一段时间迟疑、分歧、协商、研究、争执、统一、协调、合作的全方位碰撞和磨合，我们越来越团结，越来越融洽了。出于对他的爱护，我想让他养成严守规则、按规矩办事的习惯。

接着，几家占了地的养殖户也按要求跟村委签订了合同，交了承包费。

作为集体机动地预留下来的第五个凹 —— 东西掌子凹的 13.53 亩土地在三天内顺利走完了招标程序，承包到位。

红斌出面承包下里北坡后，当初强烈反对收地的几户又从他手里承包了一些地，他和方平的蔬菜大棚以及几家的养殖场都保留了下来，没有产生新的争议。

一切水到渠成，波澜不惊。

剩下的就是总结、退出了。

51

总结会议定在 4 月 15 日晚上。

这是收地工作的最后一次会议，工作组全体、村两委、在家的所有共产党员、村民代表全体参加。

会议的内容是交接工作中形成的文件资料，总结两个月来的工作，最后解散收地工作组。

这些天里，秀丽和小亮已经把收地中产生的文件、合同、地图、账册等所有的书面材料精心准备了一套，编了号，列了清单，整理完毕。今天的会上，我代表收地工作组郑重地交到了郑支书和建红主任手上。

我做了总结。

"从 2 月 14 日（正月初十）到县城找到高书记正式谈收地方案算起，整整两个月了。从 2 月 21 日村两委和工作队第一次开会讨论收地的事算起，也五十三天了。这些日子，虽然算不上轰轰烈烈，但也并不平坦。我们大家一起走过了一条艰难曲折的收地之路。

"这两个月里，我们开了 11 次会议，发了 19 期公告，走下了 4 个全覆盖，克服了许多困难，收回了七十余亩土地。"

和大家一起回顾了一步步走过的历程，大家脸上满是欣慰与释然。

"这样做，有什么收获呢？五个方面。

"一是增加了集体收入，增强了村集体治理乡村的能力。

"收回村集体土地七十余亩，并顺利承包了出去。合同一签六年，第一次交了三年的承包费是 12 万多，平均每年有 4 万多的集体收入。钱虽然不多，但它是长期的、稳定的、细水长流的固定收入。有了这个钱，集体经济自然破零。钱，可以用于百姓分红，也可以做一些群众关注度大的事情。地，收回来了，可以调剂，用于村里的事业发展，增强村集体管理能力。

"二是弘扬了正风正气，打击了歪风邪气。

"通过收地，加强了法制教育，强化了规矩意识。郑支书对电视台说：'收地促进了乡风民风的大改变，改变了村里以前谁厉害谁说了算的局面，对于村里的歪风邪气也是一次彻底的整治。'的确是这样。凡事得讲个规矩，按规矩来，按规则来。这个规矩，不是我李为民的规矩，不是郑支书、耿书记的规矩，不是村两委的规矩，而是党的规矩、政府的规矩、国家的规矩。以前有些规矩被破坏了。中央提出扫黑除恶，就是整顿秩序，规范规矩。咱们办的这个事是落实党中央政策的一部分。

"第三个，是检阅了队伍，锻炼了队伍，促进了班子建设。

"这次收地对我们大家、对郑支书、对村两委都是一次难得的锻炼机会。在工作中，我们克服了许多困难，最终达到了工作目标。通过工作，检阅了队伍，锻炼了队伍，促进了班子建设。克服困难，虽然现在说起来轻描淡写就几个字，但当时凝结了我们大家的智慧、心血和不懈坚守。在排除困难的过程中，咱们加深了理解，增进了团结，磨合得更融洽了。

"有人说，收回地来有钱了，轻松了，好干了。我说，一点也不轻松，更难干了。收回来的是地、是承包费，更是责任、是群众的关注。钱虽然不多，但这是群众的钱，是大家的钱，都盯着哪！地收回来给领导班子增加了新的工作难度、增加了压力。有压力不是坏事，有压力就有进步的动力。这就看你有没有私心，有没有能力，能不能管得好，能不能管得让大家信服了。这对村两委是个新的考验。

"群众有担忧啊！有了点钱，会不会就是便宜了几个村干部？会不会滋生新的腐败？大家可都在看着哪，一定得注意啊！

"第四个收获，是梳理了成功有效的工作方法。我们暂且也叫它三大法宝：调查、公开、民主。

"先说调查。没有调查就没有发言权。我们经常说，要实事求是、因地制宜。就是说要了解实际情况，按事物的客观规律来办事，适合怎么干就怎么干。那邹家寨的实际情况是什么？怎么做才符合邹家寨的实际情况？这就得调研。只有调研，才能得出符合实际的结论。

"地被抢了，都是谁占着？占了多少？谁也没有谱。问起什么时候抢的，好些人也不记得了，只说是好多年了。说到收地，有人说，谁要敢动广大老百姓的利益，就跟他干到底。还说，就是要替邹家寨群众主持正义，坚持真理。那到底他代表不代表邹家寨群众？代表了哪些群众？群众是不是拥护他，愿不愿意让他代表？这些，在办公室坐着想没用，一调查就明白了。调查完了以后，我找到他们说，再不要拿群众说事了。你的反对最多最多只能代表8户中的一部分。对方平的鸡场也是。到底属于里北坡还是外北坡？他自己有个说法。我们一进村就去地里看了。又顺道问询了毫无利害关系的老人，才认同了属于里北坡的说法。这都不是想当然、拍脑袋的，都是调查来的。

"公开，就是不加隐瞒，让大家都知道。咱们做的是光明正大的事情，必须阳光作业，公开透明，不要让人挑出什么毛病来。怎么阳光？怎么公开？咱们建立了两个制度，一个是公告制度，一个是信访制度。

"公告到今天为止，已经发了 19 期了。明天再贴出去最后一期就整整 20 期了。这些公告从第 1 期《收地倡议书》开始，到第 19 期《关于东西掌子凹西凹土地承包抓阄结果的公告》，再到明天的《解散收地工作组的公告》，覆盖了收地工作的全过程。来龙去脉，工作过程，让大家清清楚楚，明明白白，没有猫腻，没有暗箱操作。

"信访制度，是设立了意见箱，来信来访有专人接待，认真听取群众意见。就是让大家提意见，敞开胸怀说话，把底下的嘀嘀咕咕摆到桌面上来说。这样做呢，让那些私底下的嘀嘀咕咕没有了发酵的空间，让群众的误解能够得到公开的解释，让别有用心的操作曝光在阳光下，没有了滋生、繁衍的土壤。

"事实上，你越是遮遮掩掩，躲躲闪闪，问题越多，矛盾越大。正经敞开胸怀让大家提意见、反映问题了，反而问题很少。有时候我们有一个不好的习惯，就是不让人说话。自己有话抢着说，大声说，打断别人的话，恨不得捂住别人的嘴似的。这不好。有理不在声高。得让人家说话，这是人家的权利。

"第三个工作方法是民主。坚持民主决策，科学决策。大家的事情大家办，众人拾柴火焰高。咱们开了 11 次会议，一起研究问题、解决问题，就是为了民主决策。

"工作组和党员会议开了 3 次，大家还记得吧？就在这里。第一次是 2 月 22 日，研究的是收不收地的问题，解决的是态度与决心的问题；第二次是 3 月 9 日，主要是研究了统一收回来整凹出租还是过渡一年再收的问题，解决的是怎么收、怎么用的方向性问题；第三次 3 月 17 日，主要是研究了对群众关注度大的四个问题的处理意见，解决的是收地中的障碍与疑难的问题。

"工作组与党员、村民代表联席会议开了两次，今天是第三次，也是最后一次。第一次是 3 月 20 日，讨论的是《集体土地使用与管理试行办法》《招标公告》，解决了收回来的地今后怎么管、这次怎么租的问题；第二次是 4 月 8 日，研究了东西掌子凹西凹对外承包、养殖场与村委签合同的事宜，解决的是收地工作的收尾与善后的问题。今天这次会议解决的是总结、交接，以及对下一步的工作做一些提醒的问题。

"至于工作组会议、村两委临时性会议就更多了。可以说是随时随地，有事就开。有安排要开，遇到问题要开，思想有分歧需要统一也要开。

"这些会议都不是为了开会而开会，而是为了充分发扬民主，吸收大家的思想智慧，共同解决收地中遇到的各种问题。每一次有每一次的议题，每一次有每一次的结果，充分发扬民主。实践证明，效果很好。

"郑青支书、建红主任和我，我们三位组长之间，有事及时沟通、及时商量。当面谈、微信谈、电话谈、语音谈，很多次。事情得互相商量，民主讨论，不能想一出是一出，招呼也不打一个，一拍脑袋就自己去干了。郑支书常常开车走在路上，想起个事来，马上打过电话来。他孩子小，正赶上春季气温不稳，感冒了，需要照顾、陪护，也是时时记挂着工作。有几次，在电话里我能感到，他在一边看着孩子，一边打电话商量工作。跟建红也一有问题就交流，不管休息不休息。那一次，在山上看了一夜火，他早晨刚回来。我去找他的时候，他正筒着手，盖着棉袄偎在沙发上打盹。熬了一夜，脸更黑了。我叫醒他，商量了一个事，赶紧离开了。都是好同志，不想影响他休息，但民主商议不能松啊！

"工作组其他同志之间，包括工作组请来帮助工作的马当先、文秀丽两位同志，以前在邹家寨工作过的小晋同志、冯稳忠同志，我们之间的交流就更是随时随地、不拘一格，都是商量着来。

"想跟大家说，民主不是一边倒，不是你说个啥，一致同意。在收地这个事上，因为是个新工作，大家谁也没有经验，都是摸索着干。还有就是人多了，什么样的想法都有。你今天听这些人说了个东，他明天又听那些人说了个西，大家立场不同、观点不同，传达给咱们的信息也不同。所以，出现一些不同的意见、不同的主张，都很正常。有时候争论还很激烈。有不同意见不怕，咱们放在一起共同研究，商量一个都觉得比较可行的方案，这就是发扬民主。有些意见，实在商量不通，先按大多数人的主张来。走着走着实在不合适了，咱们再修改。反正都是为了把事情办好，错了也不怕。

"这一点，我深有体会。开始我写的方案，收地是要填写《交还集体土地承诺书》的。谁交回《承诺书》，在大队的图上做上标志，去地里栽上牌子，这块地就算收回来了。先干部，再党员，再村民代表，最后是群众。一层一层过，一榜一榜向群众公示。剩下最后的几户再专门去重点做工作。大体是这么个思路。

"后来大家开会的时候提出这样不合适，不能这样麻烦，公告一贴，土地一丈量，收回来就算了。一旦有问题，通知司法机关来解决。快刀斩乱麻。大家说得也有些道理，也理解大家的心情，我也就同意了。回到家里想了一天，觉得还是有些不妥。后来把我的想法又跟工作组的同志商量，决定还是一户一户签《承诺书》，随时了解大家的思想动态，把风险控制在可控的范围内。实践证明，这个办法是对的。

"这就是民主。民主就是一起商议，少走弯路。

"调查、公开、民主这三个工作方法让我们少走了不少弯路，让工作始终没有偏离正确的轨道。"我感触很深。

"第五点收获，也是最后一点，很容易被大家忽略，但也是非常重要的一点，就是制定了《邹家寨村集体土地使用与管理试行办法》。"

这是村里在依法办事的路上迈出的一大步。好些同志没有认识到这个重要性。我提醒大家不要小瞧这个办法，"这是今后一个时期，咱村管理土地的一个总章程，是我们村在集体土地管理上的总规矩。每年的具体措施依据都应该是从这个办法里来。

"从随意决策到制定制度，按照制度来管理，是一个进步。虽然《办法》也有不完善的地方，需要在执行过程中根据实际情况修正、完善，但有了，就是一个进步。有了办法，还要执行好。工作中有一些文件写得都很好，就是没执行好，没有落实好，结果纸上谈兵，废纸一张。我们有《办法》了，要自觉地按办法来，执行好、落实好。大家，全体党员、村民代表，特别是村两委都要建立起依规办事的意识和工作习惯。等到都习惯了按规章办事了，咱们的管理水平就有一个很大的提高了。

"要记住，规矩不是攥在干部手里的单面镜，拿来照群众的。它是一面双面镜，既照群众，也照我们自己，需要我们大家共同遵守。即使有时候规矩让我们自己不舒服了、不随便了，也得不折不扣地遵守。说到底，得依据政策，按规矩来，不能胡来。"

不说空话，不唱高调，说我们身边的具体事，是我把握的一个原则。刚来下乡时有一个村民代表曾经很不客气地说："少说空话。空话我们已经听饱了。"他那怀疑和不屑的神情，至今未敢稍忘。

地能够顺利收回来，我作为工作组组长充满感激："首先得感谢村民群众。许多思路、点子，包括办成事情的坚定信念都是从群众中来的。离开了群众的理解和支持，我们将一事无成。邹家寨的群众好啊！勤劳，善良，朴实，有思想。今天在这里总结的时候，非常感谢他们给予工作组的理解、支持和鼓励。

"对咱们村的老干部，我必须说，他们是邹家寨的宝贵财富。当年地区行署撤销，地市分家的时候，南泽市把南边富裕的五个县分走了，把原来地区行署的老干部都留在了北潞市。有人开玩笑说：'南泽人拿走了财富，给我们留下了宝贵财富。'当时觉得是调侃，是个玩笑。但现在，在邹家寨，我的的确确感受到了老干部的价值，的的确确感受到了老干部是咱们村的宝贵财富。几任村干部，包括冯稳忠书记，都很坚定，在收地的问题上，思想都很正确，没有一点含糊。大家都在一个村里生活，几十年了，人和人之间难免有这样那样的误会、分歧和矛盾。但在收地这件事上，我深深感受到了大家关心村里发展的强烈责任心。而且不计个人恩怨，一概就事论事，说事该怎么怎么办。有些工作思路，在彼此没有交流，完全背靠背的情况下，想法竟完全一致。这表现出了老领导们的觉悟、智慧和大局意识。

"咱村的共产党员同志们，也起到了坚强的核心作用。立场坚定，态度坚决，积极出主意想办法，维护村里的公平正义。我们说，要讲党性。在收地这项工作上，始终坚定不移地和党支部站在一起，始终代表了邹家寨大多数人民的利益，始终积极支持、积极参与工作，这就是邹家寨共产党人的党性。感谢他们！

"在收地这一件事上，村民代表履职情况也很好，真正起到了代表群众说话的作用。收地是咱们自己的事，好些同志自己就是收地中的当事人，要收地，也涉及自家的利益，影响自家的收入。大家能够从大局出发，识大体，顾大局，站在公道的立场上说话，表现出了很好的风格与品格。谢谢！

"收地，村两委、第一书记、工作队既是决策者，又是执行者。按说是分内的事，不用感谢。但在这件事上大家的确尽力了，做出了远远超出于日常管理工作的贡献。村两委在郑支书、建红主任带领下实现了空前团结，很好地领导和配合了这次收地工作。工作队的同志想方设法推进工作，起早贪黑，不辞劳苦。收地中间又赶上救火，他们始终跟大家坚持战斗在一起，熬夜苦战，付出了辛苦，经受住了考验。这支队伍有主意、有作为，值得信赖，值得托付。

"还有两位同志，我们必须得感谢他们一下，就是马当先和文秀丽同志。他们俩不是咱们村的人，也不是邹家寨工作队的人，是我们请来的外援。两位同志认真负责，任劳任怨，让干什么就干什么，该干什么就干什么，干什么就干好什么，完成了许多艰苦细致、别人无可替代的重要基础工作。可以说，收地这项专项工作的顺利完成，有他们非常重要的贡献。因为不是咱们村的人，还要忍受个别有意见的、不欢迎他们的同志的挤对。有些不愿意让我们收成地的人想拿这说事，有些会议不让他们参加。有些群众心里对收地工作不理解，当着他们的面说难听话，给他们难堪。难不难？难！我知道。我自己也有切身体会。因为我也不是邹家寨人，有人见我态度强硬，不可通融，也特别想把我挤走。正是因为想到了这一层意思，所以在当初成立工作组的时候，我才坚决要求当这个组长。我说了，收地工作完不成，我一天不走。收地工作一完成，我一天不留。有些同志见我太顽固，撵不走，就想挤走他们俩，给工作组点颜色瞧瞧。为了收地成功，他们面对推搡和责难，不争执，不动怒，只是默默地做好自己的事情。其实谁也不傻，谁都明白是怎么回事。为了收地成功，他们以自己的胸襟和品格选择了隐忍，选择了沉默，选择了负重前行。困难面前，他们坚持了正义，经受住了考验，做出了贡献。好样的！我们说责任担当，不用天天喊在嘴上，不用抄那么厚的学习笔记，需要你的时候你顶住了，拿下了工作，这就是责任，这就是担当！

"感谢他们！

"今天，马当先同志有事没有来参加会议，他事先专门跟我请了假。这就是我们的同志，遵守纪律，有规有矩，有始有终。即使是临时抽过来帮助工作的，也毫不懈怠。有时候我们说认识水平、品格风范，就是从这点点滴滴显现出来的。会后我要专门感谢他，谢谢！

"正是上面所说的这些人的共同努力，换来了收地工作的圆满成功。毫无水分地说，这是我们大家共同奉献的结果，是我们大家集体智慧的结晶，因此，我们值得自豪，值得骄傲！"

对工作中想到的几个问题，说不说出来？有些看法说了，是提醒，也免不了带有批评的意味。在刘张村的不快就是因为善意的批评和提醒引起的。毕竟自己都是要走的人了，还惹别人那个不痛快干啥？犹豫了一下，没忍住还是说了。说出来不是为了让谁不痛快，而是出于责任，是为了邹家寨的未来。而且，成功收回集体土地是村里提高管理层次的一个最好的契机，真心希望两委能把握住这个机会，让邹家寨有一个崭新的面貌。

"有几点思考，想跟大家交流一下，希望引起注意。

"第一个是立场站位问题。我们是共产党员，始终要立场坚定。我们不可能代表所有人的利益，要牢牢把握与大多数人站在一起，代表最广大人民群众的利益。这不是空话。在有矛盾冲突的时候，怎么表态、怎么站位，体现了你的思想层次和党性原则。一定要像总书记强调的那样，不管什么时候都要明确我是谁、为了谁、依靠谁。这就是立场。

"有了立场，还要坚定不移。今天，我们在这里开总结会，说，收地工作总体顺利，没有起什么大的波澜。我想说，这份顺利绝不是靠妥协、让步得来的，而是通过坚定的立场、坚决的斗争得来的。这份坚定和坚决后面，是我们始终代表了大多数群众的意愿。大家想想是不是啊？

"我们说立场、站位，绝不是写在纸上的空话。在收地这个事情上，能够为全村大多数人说话，扎扎实实地把地收回来，就是立场、就是站位。站稳立场，为人民服务，不用光念报纸，不用光读文件，不用在高音喇叭上广播，把眼前的事做好，大家心里就明明白白、透透亮亮的了。

"站稳立场不是不讲究策略，不讲工作方法。方法可以研究，但立场不能动摇。这是前提。在今后工作中也是一样。心里要有群众，即使因此遇到困难、不被理解、遭到打击也要心里有群众。千万不能因为群众不厉害、不吭声、不闹事就忽视他们，小瞧他们。共产党员应该更多地代表的是他们的利益。这是我们应该有的立场。

"在收地过程中，我批评了一些同志，也和一些同志争吵过。我有我的立场，事儿赶到那儿了，不这样不行。地被抢了，的确让人气愤。但不是说抢地的人就有多么不好，反对交地就有多么坏。当时有当时的环境。如果大家抢地的时候我也在村里种地，会不会也赶过去抢一块？也难说。撇开了这一件事情，大家还都是勤劳善良的老百姓。山上着火了，大家也是齐心协力，奋力救火，保护咱们的家园。但是在收地的事情上，他们的认识是有错误的。我们作为干部、作为共产党员，不能跟着他们的调调跑。同时对我们内部的不正确认识也要坚决斗争，斗争是为了谋求统一，谋求步调一致。这就是立场。

"第二个想说一下责任担当。担当就是不要怕事，不要躲躲闪闪。怕是因为啥？因为有私心杂念。老话说，无私则无畏，无欲则刚，很有道理。还有消极躲避思想也得克服。要知道，事情是躲不开的，越躲事越多。心思不正，啥也不干，见利益就上，见责任就躲，那还当啥官啊？即使当了大官又有什么用？所以，不要怕。站在群众中间，坚持走群众路线，就是我们工作的底气。干部干部，干部就是干事的，干事是要惹人的。一团和气能干成的事不多。为了大多数人的利益，就要敢于惹个别人。不敢惹人你还当啥干部啊？如果哪里都是鲜花铺路、顺风顺水，还要我们干部干什么？面对反对意见，甚至是好多人的反对，有时候还是来自一些领导的反对和误解，你敢不敢说不？敢不敢坚持真理？这就是担当。在这里，不用洋洋洒洒地剖析，不用拍着胸脯慷慨陈词，就这一个态度，就是担当。

"因为你是干部，你就有责任，你的责任就是做事。做事就得有原则，坚持原则就会惹人。不用追求表面上的恭维和赞扬，不用追求心口不一的异口同声，一片叫好。作秀应付，即使有赞扬，也不是出于内心的，也是有水分的。勇于担当，做好自己该做的事，即使大家暂时不理解，即使有人反对，即使孤孤单单，也光明磊落，踏实、坦荡。"

工作方法也是我一直想提醒大家的一个问题。"要抓住主流，抓住主要矛盾，遇到干扰，不要被枝节问题带跑了主题。有一次开会的时候，一位村民找来反映一个问题，结果一屋子人放下正在开的会议，花了一个多小时去解决他说的问题。会议主题就被带偏了。他说的是小额贷款的问题，该不该落实？该。但是该不该放下正在召开的会议去解决？没有必要。他反映的不是个着急的事，完全可以研究完会议的议题再由相关人员回头来解决他的问题。虽然我们说群众的事没小事，但要分清轻重缓急，不能胡子眉毛一把抓，不能抓住芝麻丢了西瓜。收地中间反映的问题那么多，如果我们不抓住收地这根主线的话，估计现在还陷在一团又一团乱麻里脱不出身来。抓主要矛盾是唯物辩证法的观点。这些在实践中都是有用的，都不是空话。

"还有发扬民主。发扬民主不是吵成一锅粥，更不是不让人家说话。不要害怕群众说话，不要不敢听、不愿听反对的声音，让人家说出来。听懂了，才能商量解决的办法。当然，不是所有的意见都是对的，也不是所有的意见提出来就能解决，还有个合理不合理、政策允许不允许的问题。让大家说出来，能解决的给人家解决，不能解决的跟人家解释。自己解决不了，需要请示上级有关部门的，交给上级有关部门。工作不就是这样吗？这也是工作方法。"

耿书记亲民，在村里住的时间长，对村里的情况比我了解。他说过几次，村里有两个年轻人挺不错的，公道、正派，充满正能量。他有心向支部推荐作为入党积极分子培养培养，也跟村里提过，没有引起重视。我观察了一下，年轻人的确挺优秀的。收地过程中有一次跟郑支书谈话，也提醒他注意培养村里的好苗子，让优秀的年轻人参与些工作，锻炼锻炼，既是工作上的帮手，也是为了事业的传承。今天是工作组召集的最后一次会议，我正式讲了出来，这也是我的一点希望："还有培养接班人的问题。要特别注重对年轻人的培养，解决事业后继有人的问题。通过这一阶段工作，又是收地，又是救火，发现有些年轻人关心公众事业，热爱家乡，为人品行也不错，充满正能量。应该着力培养。明年脱贫攻坚任务完成，工作队是要走的。郑支书挂职期满也是要走的。剩下在座的同志们里，二强、小梅年轻一些，也快奔五了吧？所以村两委得考虑将来，得培养好苗子，培养大家信得过的接班人啊！这是邹家寨越来越好的希望。选对了年轻人，就是选对了邹家寨的未来。希望能引起大家的重视。"

"散伙会"开得很认真。我认认真真在讲，同志们认认真真在听。

我认真讲，是希望能把我们的理念、我们的思考、我们看到的问题认认真真留下来，希望能对大家有所启发，对邹家寨的未来有所贡献。话说出来，多少就有点临别赠言的意味。

大家认真听，是因为我讲的没有不着边际的空话、套话，都是我们在共同的工作中遇到过的、发生过的实实际际的人和事。大家不是因为我们辛苦了，为了给我面子而听，而是真的听懂了，听进去了。

长期以来形成的思想观念和工作习惯不可能因为一次行动、一次讲话就改变多少。但是，我必须说。这是我的责任。哪怕大家一出去这个门就都忘了，哪怕仅仅是雨过地皮湿，我也得说。

对几个遗留问题，我也提出了建议。因为，这是我最后一次参加并主持村里的会议了，不想给村里留下什么尾巴。

"对收回来的承包款一定要管好。收回来的是钱，更是责任。事要有计划地做，钱要有计划地花。三年的承包费，每年只用当年应该用的那一部分，一定不能寅吃卯粮。这是群众的血汗，大家都盯着哪！关键环节必须向群众公示，收了多少，支了多少，开支到什么地方了，要交代得清清楚楚、明明白白。建议最好能按照《管理办法》的规定，在不长的时间内，最迟到年底给大家分一次红。钱不在多少，是让群众感受到整顿乡村秩序的成果，有获得感。好几个群众都提出过这个要求，工作队的同志也是这个意思，请村两委考虑。"

群众提出分红的要求还有一层担心，是怕村干部把钱给糟蹋了。我在会议上跟大家说过，我是收地工作组组长，收地，我负责，管地，村两委负责。今天收地工作就要结束了，我不能对村里管地的事指手画脚。但其实心里最担忧的，是出现群众担心的那种局面：开支不透明，群众分不上红，干部胡吃海喝，滋生了新的腐败，再度陷入混乱，这么多日子来的努力结果归零。

还有去年种植连翘、双季槐成活补贴的问题。当时为了鼓励大家种，公开承诺种活以后按成活率补贴。经费早就下到村里了，元旦以后跟书记、乡长当面商定意见后也转告村里办了，三个多月了，村里就是迟迟不动。工作队催过，我也催过，都没见动静。这一次，我专门当着大家的面在会上正式提了出来。做出的承诺不兑现，直接影响工作队的威信，也影响村干部的威信。

该发的补贴发不下去，给了一些人兴风作浪的空间。有人颠三倒四，演绎出好几个版本的谣言。好在我们从不插手村里经济上的事，那些污水没有泼到我们，反而衬托出了做小动作的人的奸邪和可笑。

对群众提出的修田间路的问题、留下取土地点方便群众用土取土的问题、五个凹以外集体土地管理的问题、以前修路占用个人承包地的补偿问题，等等，也提醒大家认真研究，不要忽视了。

能收成地，绝非一人之功。没有我们这个工作团队的共同努力，寸步难行。作为工作组组长，我充分肯定了以郑支书为核心的村两委，也实事求是地指出了工作中的一些不足。

批评的声音多了，难免会招人嫌。我知道。但是，批评是最大的关爱。下了三年乡，跟邹家寨的干部群众有感情了，真心希望邹家寨的明天更美好。同时，在跟村干部们一起摸爬滚打、同舟共济中产生了真挚的情谊，所以才敢于这样直言不讳。如今，能够实话实说的人不多了。如果你真心爱一个人，不会对他的不足视而不见，而沉溺于你好我好大家好的虚伪客套里。虚伪客套，不是不负责任，就是别有用心。我这样认为。希望邹家寨的党员和干部同志们能够理解我的良苦用心。

不说空话假话，是我的做人品格。

提出批评建议，是因为我爱你们。

最后我代表工作组宣布：

"邹家寨集中收回集体土地工作组完成了所有预定的工作任务，从现在起正式解散。"

52

集中收回村集体土地工作公告第 20 号

关于解散集中收回集体土地工作组的公告

村民同志们：

集中收回集体土地工作组自 3 月 7 日成立以来，在村党支部、村委会的密切配合下，在共产党员、村民代表的坚定支持下，在邹家寨群众的积极支持、积极参与下，圆满完成了集中收回集体土地的各项工作任务，达到了既定的工作目标。

工作组感谢大家一个多月来对我们工作的理解、肯定和各种形式的鼓励与支持。

祝愿邹家寨村越来越好，邹家寨人民幸福美满、生活蒸蒸日上！

即日起，邹家寨村集中收回集体土地工作组正式解散。

特此公告。

集中收回集体土地工作组

2019 年 4 月 16 日

这是我们的最后一期公告，是我们为收地工作画的句号。

53

一个春阳暖暖的下午，我去邹家寨道别。

路上捎了一个邻村的百姓。得知我是开发办工作队的，他来了兴致，主动聊起收地的事。他说，那些日子他有事去邹家寨，遇到过几个人，在街上跳着脚地骂，说，他要收地，我们就是不交，还要集体上访、联名上告，看他能把我们怎么样？！

我暗想，那些人说的那个"他"，该指的是我吧。

这些我不知道。也许在一步一步貌似顺利的后面，曾经有过许多的暗流涌动吧。那些日子里，我就像一个蹩脚而尽责的艄公，跟同志们一道拼力撑了这条小船，左躲右闪，向对岸划去。明枪暗箭，激流险滩，有的我知道，有的我不知道。所幸，都闪开了。

如今，都过去了。

老支书的腿还有些瘸。那是救火时又留下的纪念。尽管身体这样，还是惦记着挂着拐棍再去收拾收拾地，种点谷子，一点化肥都不上的那种。那是给我们工作队种的。我的眼睛有些湿润。

说起我完成下乡任务了，以后就不来村里下乡了，老人抽着烟半晌没有说话。过了好久，才说："不下乡了，也不能就不来了吧？"

在老人的朴实和真诚面前，我心生不舍。

守一看起来身体利落了不少。说起我完成任务了，不再下乡了，来跟他告个别，他竟也有些不舍。坐在床沿上，拉着我的手，一再叮嘱我不管有没有下乡任务，有空了可一定来看看。"咱家地里豆角南瓜的都有，星期天了可记着来家串串。"

我感动了。两年多来，我俩谈过好多次，基本都是他诉说不平，我耐着性子听，然后或者劝说，或者反对。后来，因为收地这个事，怕他从中作梗，是把他当成假想敌来防范、来对付的。我们观点不同、立场不同、目标不同，因为这些不同，我们争辩过好几次。有时候甚至是不讲情面地争吵。但从他今天的态度看，他对我的为人是了解的，也是认可的。毕竟是快七十岁的老人了，身体又成了这样，我对自己以前对他的过激态度有些歉意。但是，职责所在，身不由己。如果重来一次，我还会选择为大多数老百姓代言。如果他还坚持他的立场的话，我还会跟他辩论、跟他斗争。这就是我。

我劝他安心养病，少操心，天好了多出去晒晒太阳。"以后有空了，再来看你。我有时候心里着急，态度不好，说得不合适的地方，还请你原谅。"

来邹家寨三年了，我一直坚持不白拿群众一点东西、不白吃群众一顿饭。我这样做了，也要求我们的队员都做到。因为坚持这一条纪律，有时候推辞得不近人情，跟茂义、建红都红过脸。他们是我的好同志、好战友，正是他们的支持，我们的各项工作才能走得下去。对不能拿他们的东西，我解释说，不是我不领情，也不是吃他们自家地里产的西红柿就会犯多大错误。情义我们都领了，只是不想让群众看见了产生误解。群众对我们有误解了，我们工作起来就不气粗了，想主持正义也就有顾忌了，会影响工作。他们理解了我。今天见我说下乡结束了，认真地跟我说，等西红柿下来了，一定得来，一定得来拉上两箱。我答应了，玩笑着说，等我不下乡了，再来村里，再去家里吃饭，我就不出饭钱了。

收地中，黄老三跟我反映过一个问题，我反馈给村里了，至今还没有个说法。现在要走了，想跟他当面说说。恰巧他家的院子里有好几个群众，大家一起谈了会儿，依依不舍地道了别。

里外北坡的田地上，人们在紧张地忙碌着。遇到秋梅，告诉她遇到什么技术上的问题，可以随时打电话给我们，我们单位技术服务是强项。她爽快地答应了一声，匆匆往地里去了。

夕阳把村子勾勒成一块浮雕，精致、秀丽，远的山、近的路如此真切而熟悉。六百年来，在这片热土上演绎过多少精彩动人的故事？都过去了。正如收地，在村庄历史上也终将成为陈年往事，像一粒不起眼的尘埃，在这块土地上渐渐飘远。

但是眼下，草长莺飞，欣欣向荣。

地，就是这块地！

末篇：驻村帮扶后记

——地，只因这块地！

1

收地工作结束后，我因下乡已满三年，正式跟单位申请退出了扶贫工作。工作队成员也根据单位工作的变动做了一些调整。

耿平和因为机构改革的原因，退出了邹家寨村第一书记岗位。在邹家寨两年来，人们已经习惯了耿书记的善良、随性、与世无争，以及人如其名的平和。邹家寨百姓念他的好，叮嘱他一定常回家看看。"会的。因为，我也是邹家寨人。"耿书记在邹家寨村民微信群里也动了感情。

耿书记离开以后，彩霞俨然成了开发办扶贫工作的先进典范。

市委书记在大会上强调各单位一把手必须重视脱贫攻坚工作，要求各单位一把手要亲临第一线了解第一手情况。开发办何主任抽出空来去了两趟村里，马彩霞跑前跑后不离左右。见有几个村民客套地称彩霞为"马队"，主任很高兴，认为彩霞同志工作扎实，群众基础好，从此赞不绝口。对那些埋头工作没主动往跟前凑的，就有些疏远。等耿平和一离职，就让彩霞兼上了邹家寨村第一书记。因为对彩霞平时的做派有所了解，邹家寨的干部群众有些议论，但当面还是客客气气的。

同样因为机构改革原因退出工作队的，还有东王庄村的文秀丽。秀丽是个认真的人，对工作一是一二是二，从不马虎。到东王庄下乡这一年来，她的认真、较真和为群众着想大家有目共睹。而且领导在不在一个样，安心做好自己的事，从不刻意在领导面前表现什么。领导在与不在一个样，这么简简单单的一句话，其实是很多同志做不到的。到职后，不长的时间里，她整理的东王庄村扶贫资料就成了峡口乡西片区的模板，受到了县乡领导的赞扬。

文秀丽要走，对东王庄扶贫工作是个实实在在的损失。失去一个好搭档，马当先队长惋惜不已。村支部书记和村委主任也表示不忍，俩人一起跟我提出，说能不能别让她走，或者再派一个像她一样对工作认真负责的同志来。

不知道出于什么原因，调整刘张村王州的建议最终未被采纳。建议开一次专门会议研究一下下乡工作，也被何主任搁置了。

正式退出下乡工作后，分别找到王州和他那两个因为当初做得不妥被我建议撤回来的队员，开诚布公地告诉他们，我退出扶贫工作了，在下乡期间发生的事情都过去了。就当时对他们的批评和处理，也诚恳地谈了我的想法。我说，下乡的事到今天就算翻过这一篇了，大家今后该怎么工作还怎么工作，不要太放心里去。那时候我分管下乡，当时就是那么个形势和章程。我那样做，也是担心坏了规矩，人心散了，让人家看我们开发办的笑话，希望能够理解。至于我工作方法上有不妥当的地方，态度上有不恰当的地方，还希望多批评、多谅解。

王州他们当面都没有说什么。

这件事在我就算放下了。不管别人心里怎么想，我把我要说的话说完。

我只管做好自己，做到自己心安理得、问心无愧。这是我的做人原则。

2

郑青支书因为工作出色被平长县委提拔为峡口乡副乡长，他的成绩单上成功收回集体土地是浓墨重彩的一笔。因挂职期未满，仍兼任邹家寨村党支部书记。

收地执行的是党的农村政策，是党的政策在邹家寨的具体实施。收地工作结束后，我到乡里给高书记和李乡长专门汇报了情况，同时也是要退出扶贫工作了，去道个别。两位领导充分肯定，说这对加强乡村治理能力，对邹家寨的风气扭转有划时代的意义。还提议让邹家寨村委把我聘为荣誉村民，让我多关心邹家寨今后的发展。

我非常感激乡里领导对我的肯定和信任，但对荣誉村民的事婉言谢绝了。地能收回来，既是国家的政策好，也是大家共同努力的结果，自己只是一个牵头人，一个群众意志的执行者。能顺利完成收地，让群众满意，对我已经是很高的奖励，至于再给发一个什么荣誉，我没有想过。留下一点口碑，让群众从心里拥护，就已经很让人安慰了。

后来，县里调整了峡口乡领导班子，乡党委高书记升任副处级领导，李乡长接任了乡党委书记职务，从其他乡镇调来一名姓洪的同志担任了乡长。几位乡领导多次在不同场合高度评价邹家寨收地工作，对开发办的下乡工作给予了高度赞扬。

工作调整后再见到李书记和洪乡长，他们又提起荣誉村民的事，我还是没有答应。这件事也就放下了。

3

市电视台和北潞日报专题报道了邹家寨收回集体土地的事迹，市开发办工作队声名鹊起。雁过留声，大家的共同坚守让我们的工作队在明朗的天空留下了清亮、激越的一声长鸣，我们都很自豪。

平长县地处太行山区，山多地少，人均刚刚一亩。这里的人们勤劳淳朴，惜地不惜力。这些年旱地蔬菜种植一年比一年红火，耕地资源稀缺的矛盾更为突出。这种矛盾也是促成收地的一个原因。

村里传来的消息说：

——群众对收地的事很满意。会计黄贵保也几次真诚地赞扬收地工作。我很欣慰。

——当时激烈反对收地的方平、红斌他们也在一些场合表示，收地是对的。我听了，有些安慰。后来遇到当年西红柿行情不好心里憋气，他们又借题发挥说都是工作队收地给害得。我又有些无语。

——秋喜依然对收地心怀不满，借故挖断了一条田间路，断了几户农家上地的交通。村里协商了几个月毫无结果。

——贫困户黄有德上年冬天在煤矿打工期间惨遭事故，额骨骨折，双目失明，失去了生活自理能力，迟迟未得赔偿。目睹了我们的务实和坚韧，一些村民请求我们帮助有德争取事故赔偿。我不忍拒绝，答应和工作队一起去努力。

——时常有村干部或村民的电话和微信来，说邹家寨的老百姓想你了，工作不忙了该回村来看看。

与邹家寨的联系因缘不解……

事情虽然都过去了，但闲下来一闭眼，那桩桩件件的往事还常常像一个个电影片段一样闪现出来，悄悄地袭扰我的心灵。那片热土，那种执着，那一双双热切的目光，那一副副欣慰的笑容，宛然如昨。

于是，我索性坐下来，开始整理事关收地的帮扶工作日记和帮扶工作笔记。

4

"秋喜又弄断了一条路！"这天，一位村民打来电话说。

"还没有解决吗？"我以为还是收地刚结束时他挖断的那条田间路。

"不是那条！是他家门口那条路，又被他给挖断了。"

秋喜家门前是一条路。路不太宽，但连通东西，西边几户出入全靠这条路。秋喜挖断田间路的事情还没有解决，他又自顾自把门前这条路也挖断了，说自己家的农用车没地方放，得在这儿盖个车房。

十年前抢地，秋喜是村西第三生产小队这边唯一参与抢地的人。地抢来了，自己种不过来，租给别人种菜，自己收点地租。收地，直接断了他这一小股财路，他内心非常抵触。

"如果断了路，西边那几户怎么走呢？"我在电话里问。

"秋喜说他不管那些事。谁说也不听，村干部去了也没用。"村民这样说。

给我打这个电话，我知道是想让我去管一管，出面制止一下。我和秋喜打过交道，对他有些了解。客观地说，这样的事不好办。但不好办不是不能办。出于公心，没有任何私心和偏袒，事情也是能够解决的。可我已经退出下乡工作，已然是个外人，这样的事，我去合适吗？

我踌躇了。

因为主张收地，秋喜曾认定我们会成为邹家寨的罪人。如果收回地来，就是干部们花钱方便了一下，而群众没有得到实惠，就真被他不幸言中了。所以，我们都很关心集体土地分红和账务公开的事。为此，起草村集体土地管理办法的时候，专门把这两条写进了文件，在收地工作总结会上，也专门做了强调。见过了很长时间分红的事迟迟没有动静，我有些担心。问起来，老百姓大多说没见分红，也没见公示过。问起工作队员，说法也不统一。

我有些后悔当初没有听从马当先、文秀丽他们的建议，一收回地来就主持分一次红。如果当时就给群众分一次，再把财务收支情况全部公示一下，形成了工作规矩，也许后来有章可循了，会顺畅些。结果现在左右为难。不问吧，怕村里不给分红，群众得不到实惠，再一次凉了百姓的心。问问吧，以我已经退出扶贫工作的身份，再去参与村里的事务，难免会惹人不痛快。

纠结。

早知道如此，还不如像两任乡领导建议的那样，接受村里的荣誉村民称号呢。那样的话，作为一名编外村里人，偶尔过问一下村里的事，为大家说句公道话，多少会有底气一点。

我动摇了。

我犹豫了。

5

促使我下了决心、不再犹豫的是，人们对黄守一的态度。

因为能告状、善告状、爱告状，黄守一声名远播。下乡三年，黄守一是我时时关注的对象。谈过几次话，我对他是既哀其不幸怒其不争，又嫌他有事没事都瞎搅和，似乎唯恐村里把日子过得安生太平了。特别是那一次他把小晋书记告到巡察组的事，让我对他又增加了几分憎恶。

那年"七一"，邹家寨党支部开了个座谈纪念会，当时的支部书记黄茂义主持。为了活跃气氛，我们单位派驻邹家寨的第一书记小晋同志买了些花生、瓜子、饮料什么的。

大家正开会座谈的时候，守一突然闯了进来，一句话不说，端起手机对着会议桌上的花生瓜子"咔咔"照了几张相，走了。可能是聚焦不准，没有照清楚吧，一会儿又返回来补照了一遍，旁若无人地扬长而去。

黄守一就这么个人，大家心里别扭，但也见怪不怪。

没想到，回头他就附上照片实名把小晋书记给举报了，理由是小晋借开党支部会议之机公款消费，大吃大喝，要求"查查他的账，给全村老百姓个交代"。而且，去举报的部门也很讲究，市委派驻平长县的巡察组。

这就是守一告状的专业水准了。一般老百姓，可能连巡察组这个机构都没听说过，他却能熟门熟路。而且，像小晋这样市里派来挂职的干部，告到乡镇纪委也许引不起重视，只有告到巡察组才既业务对口又分量足够。

小晋同志品行刚正，下乡以来恪尽职守，组织上派人来一调查就明白了。那次开会买的花生瓜子，也不存在任何公款消费，是小晋自己掏的腰包。

守一听了，却脖子一梗，依然满肚子道理："组织上给他发工资，是让他养活老婆孩子呢吧，是让他来邹家寨收买人心哩？"

我听了心里那个气呀，真恨不得狠狠地踹他两脚。

在收地过程中，从一开始我们就是把他当成假想敌在防范的。那时候他已经得过脑出血，住过医院，行动不方便了，但反对收地的方平们还常常找他讨要计谋。为此我专门找他坐过两三次，陈说利害，劝他认清形势，不要被人利用了。他似乎也听进去了一些，收地中反对归反对，但终究没有做出什么出格的事来。收地结束退出扶贫工作时，我专门去跟他告了别。

黄守一是邹家寨一个奇特的存在。虽然也有生活艰辛、经历坎坷、值得同情的一面，但多年的告状生涯，养就的那副死猪不怕开水烫的性格，不讨人喜欢。即使利用了他去告状的人们，也仅仅是为了一己之私，在心里并不怎么尊重他。在街上，我亲眼看见一位年轻妇女当着他的面不客气地说："这个老汉呀，除了来回告状啥也不会。"这些年来，也许我是第一个坐下来跟他谈过那么长时间话的人。也许正因为这样，在告别的时候，他对我也有几分不舍。

收地之后，守一病情日渐加重，又住了一回医院，重新下地已经很困难了。

然而，大半年以后再去村里，没想到有人明确表示怀念守一，惋惜地说，"要是守一没病就好了"。老百姓说话随性，人多嘴杂，一两个人有这样的想法不足为奇。然而，走了一圈下来，对守一有这种怀念情绪的人还很有几个。而且，这其中还包括一位品格纯正、为人公道的老党员。

这大大出乎了我的意料。我迷惑不解，眨巴着眼睛问："为什么？"

原来，邹家寨的群众也惦记着收回地来分红的事。不管钱多钱少，那毕竟是大家支持纠正不当占地的胜利果实。而且，我们当时制定的村集体土地管理办法里对分红有规定，联席会议通过以后管理办法也在村里公示过了，大家伙都知道。在收地总结会议上，我专门强调要给群众分红，而且收了多少、分了多少、支了多少要按管理办法规定公示上墙，全部公开。这些，群众都记着哪！

可大半年过去了，分红一点动静都没有，账务公示也一次没见着。

当初费那么大力气制定的《管理办法》无人问津，形同虚设。

当初说好的给栽种连翘、双季槐的群众补贴的事也杳无音信，看来是没有指望了。

对此，群众说法很多。

而私分化肥的事更让群众不满意。

政府为了鼓励退耕还林，林业部门按退耕还林地亩数给了一批化肥，指定是补贴给退耕还林户发展林业生产的。村里拉回来以后，按照还林地地亩数分了一少部分，剩下的全部分给了五个凹的土地承包户。

这样的事，群众反映说不开会、不商量、不通气、不公示，会计贵保和工作队队长马彩霞私下一嘀咕，跟郑支书打了个招呼，不明不白就偷偷给分了。

群众不满意，去问党员们，说你们是共产党员，私分化肥的事你知道不知道？党员们说没开过会，我们也不知道哇。

于是群众就说，还是有守一好啊！如果守一要在，他们敢这样胡来吗？

还有群众说，方平、红斌他们几个当初强烈反对收地的养殖户都在五个凹承包着地，是贵保、马彩霞和郑支书觉得收地欠了他们的人情，在找机会回报、补偿他们。

一碗水没有端平，又没有公示，引起了人们的猜测和不满。这种不满让人们又怀念起了横冲直撞、啥都敢管的黄守一。

其实，许多人、许多事都有其历史成因。有时候因为某些事造就了某些人，也有的时候，因为某些人演绎出了某些事。是是非非，纷纷攘攘，有的说得清楚，有的理不明白。

私分化肥的事就这样悄悄定了，连村委主任黄建红都被蒙在鼓里。后来辗转听说了，碍于面子，也不好多问。党员和村民代表们，因为没有开过会，也只能听到一些马路新闻、小道消息。都是一个村子里乡里相邻的，谁又好意思凭这些小道消息去质问村干部呢？反正是人家当家，由他去吧。

但是以往遇到这种事情，天不怕地不怕的黄守一知道了是要站出来说道说道，问几个为什么的。而有一个黄守一横在旁边冷冷地瞅着，干部们多少也是要有所顾忌的。

于是，有些人又开始怀念"告状大王"黄守一。

再次漫步在邹家寨街头，我心情复杂，五味杂陈。

提高乡村治理能力不是一句空话，任重而道远。在这块土地上，我和我的队员们埋头耕耘了三年，用我们的亲身实践悟出了三点心得：调查、公开、民主。在党员、村民代表和工作队员的联席会议上，我也作为经验认认真真地跟大家反复讲了。然而，在村里形成良好的工作习惯还很难。比如办事公开。收地的过程中我们始终在坚持，先后公告了20次，覆盖了收地工作的每一个主要环节。我们做得坦坦荡荡，群众心里清清楚楚，工作效果明显。但我们走了，村里还是不习惯公开，对有些事情还是只怕群众知道。

这样去工作，怎么能不让群众议论，怎么能让群众不跟咱隔心隔肺呢？

百姓们怀念守一，不是怀念黄守一这个人，不是怀念他的横冲直撞、逮谁告谁，而是怀念他的敢说话，怀念一种监督机制，怀念一种监督机制下的公平。

"李主任啊，你要是咱村人就好了。你要是咱村的，也能替咱们说句话呀！"闲聊中，谈完守一的话题，村民不无遗憾地对我说。

我怦然心动。

我决定接受乡党委的提议，当邹家寨的荣誉村民。

我再一次走进了峡口乡党委李书记的办公室。

6

给我授予荣誉村民称号的简单仪式定在 2020 年 6 月 24 日。

因为这块地，将成为一名邹家寨村人，我心里很激动。

之前，乡里和村里跟我沟通过，说耿平和、马当先、文秀丽、小亮和马彩霞同志也对村里有贡献，马彩霞现在还是村里的第一书记兼工作队队长，是不是给大家也一起发个荣誉村民证书。

我坦言道，去年春天收地的时候，马彩霞同志表现不是太好，群众都看在眼里，私底下负面议论也多。因为收地给她发个荣誉村民不太妥当。马当先和文秀丽为收地出力最多，百姓也认可，可他们俩不是邹家寨工作队的，是从东王庄工作队临时借调来帮忙的，如果给他俩发证书，又会有人以此为因由挑毛病。耿平和书记和小亮同志下乡的各项工作都做得不错。在收地这件事上，也远比彩霞贡献大。但如果给他俩发了荣誉村民证，单单不给马彩霞，彩霞一定会一蹦三尺高，又会产生新的矛盾。

"所以，我的意见是，这次发证是因为收地这件事，就先别给他们了。等到扶贫工作结束，他们要撤出的时候，可以考虑从驻村扶贫全面工作的角度看怎么鼓励一下。"说完，我专门补了一句，"这是我的个人意见，供你们参考。"一个村子授予对村里有贡献的个人荣誉村民称号，主要是一个村庄和一个自然人的关系，也不需要单位备案、审批，我说了自己的意见，没有专门征求单位领导的意见。

听我说完，乡里和村里的同志连连说道："我们想到一起去了。这也就是我们的意见啊！"我们不谋而合。之前之所以提出给大家都发一个证书，不过是投石问路式的一次试探。

事情就这样定了。村里真诚地感激开发办工作队，坚持要同时给开发办赠送一面锦旗，感谢开发办工作队为村里解决了缠绕多年的老大难问题。

7

提前两天，我把邹家寨要授予我荣誉村民的情况跟马彩霞进行了沟通。马彩霞一转脸就去找了单位何主任。

不知道他们之间发生了什么，也不知道彩霞是怎么汇报的，何主任要求单位跟乡里村里核实一下，我作为一名公务员，作为一名副处级干部，能不能被授予荣誉村民称号，到底有没有依据。

当副乡长兼邹家寨村党支部书记郑青回复说有依据，而且在许多农村也有这样的先例后，何主任立马话锋一转，要求给马彩霞也发一个。

村里为难了。

安排得好端端的一件事情，半路杀出个程咬金。而且程咬金还搬来了单位主要领导当助攻。

村里把这一次决定给我发荣誉村民证和没有计划给马彩霞发的原因原原本本告诉了何主任。何主任坚持，必须得给马彩霞发一个！

接下来，证书授予仪式和锦旗赠旗仪式按照何主任的意思在村里正常进行。

因为彩霞的荣誉村民是在主任的授意下临时插进来的，证书赶不出来，郑青支书口头宣布了一下。

市电视台和日报社的记者也闻讯赶来进行了现场采访。采访中群众对我的肯定和信任依然让我感动不已。

我做了表态发言，表示从今天起就是村里人了，要像郑青支书讲话里说的那样"常回家看看"，把根扎在群众当中，多跟群众交朋友，多为群众办好事。

我们单位新分管下乡工作的领导接过锦旗，代表单位做了有深度、有高度的总结讲话。

荣誉授予仪式在热烈而庄严的气氛中结束了。

但是，手里那份通红通红的荣誉证书却似乎有些褪色了。

8

"七一"期间，北潞日报上开辟了一个"走向我们的小康生活"专栏，作为开栏第一篇报道，以《驻村扶贫"驻"成"村里人"》为题报道了我因为组织收回集体土地成了"村里人"的故事。我备感欣慰。

荣誉授予仪式之后，电视台出于新闻报道需要，提出要去村里补录几个收地现场的镜头，时间定在周六。

为了避免不必要的干扰，这一次我没有提前跟马彩霞说。因为是双休日，我邀请了耿平和、马当先、文秀丽和小亮同志一起去邹家寨。小亮因为工作关系，前几天刚刚从邹家寨工作队退出来，也算是卸了任的工作队员。还想邀请曾在村里当过第一书记的小晋，见他双休日有别的安排，只好作罢。

跟郑支书通了电话，他有事没在村里。在村委主任建红和会计贵保的配合下，补录工作进展很顺利。午饭的时候，工作已经接近尾声。

这是我们曾经工作过的地方，为了脱贫攻坚这篇大文章，我们都在这里流过汗。耿书记最熟悉，不断有群众拉住他问长问短，说这些日子怎么不多来了。小亮离开工作队让干部们感到惋惜。两年来，村里几乎所有的电子档案资料都是小亮认认真真做出来的，他的为人善良、勤快肯吃苦、乐观向上、顾全大局给大家留下了很深的印象。看得出，干部们的惋惜是发自内心的。有群众也跟我夸赞小亮，说真是个好孩子。

正是万物生长的季节，五个凹的土地上，郁郁葱葱。豆角已经扎好了架子，拉开了蓬勃生长的架势。西红柿也开始坐果，再有半个来月就该有收成了。去年蔬菜价格低，行情不好，种菜的群众多少都有些损失。"但愿今年能有个好年景吧。"我递给在豆角地里整理枝蔓的老黄一支烟，他点着了，美美地喷了一口，眯缝着细长的眼睛透过烟圈看着他的地："但愿吧！"

打破这一片安详的是马彩霞的电话。

电话突如其来，气势汹汹，让小亮根本没有开口解释的机会："你们到村里干什么去了？为什么不请示？为什么不报告？为什么事先不告诉我？眼里还有没有组织？还有没有组织纪律性了……"

来了一趟邹家寨竟然没告诉她？得知消息以后的马彩霞暴怒了。

她暴怒之下选择了向小亮发火。

看似信手拈来，逮谁是谁，其实经过了一番盘算。

小亮是邹家寨的工作队员，几天前刚刚离任。小亮同志年轻、真诚，有朝气，也有大局观念，村干部和乡亲们都爱戴他。尤其村里的老人们，说起小亮，那口气就像说起自己的孩子一样。下乡三年，小亮每一件工作都尽心去做，不推不让，任劳任怨。遇到与队长马彩霞有冲突的时候，一般是选择避让为主，不去争执，因为"不能让村里看咱们单位的笑话"。这些，我看在眼里，暗暗为我们年轻同志的优良品格挑大拇哥。

今天，年纪轻又好脾气的他首当其冲成了马彩霞的出气筒。

小亮捧着电话"嗯嗯"了几声，刚刚插话解释说这次就是电视台的同志来补几个镜头，立马又被打断了："为什么不告诉我？你们这样做，单位何主任知道不知道？"

"什么玩意儿啊？我们双休日来村里看看还得告诉你？小亮，把电话挂了！"有同志在一边忍无可忍。

以我对彩霞的了解，狂怒之下她一定会打遍所有相关领导的电话，包括我们单位主要领导何主任，也包括郑青支书、建红主任、贵保会计，甚至更多的人。我估计何主任这一次应该不会按她的意思再来责问，如果那样的话，也太掉价了，但也做好了一旦何主任的电话打过来如何应对的准备。

何主任的电话终于没有打过来。一而再、再而三地打给小亮的电话也被我们集体按住没让小亮接。耿书记电话铃响了，他瞟了一眼号码，直接按了，把电话揣进了裤兜。

午饭后，我们一起跟邹家寨在家的村两委委员开了个座谈会。我诚恳地说明了来意，说今天是我们几个曾经在邹家寨工作过、对邹家寨怀有深切感情、关心邹家寨发展的几名退了役的工作队员一起来村里看看，顺便配合电视台补录几个收地的镜头。本来想邀请小晋同志也一起来，他有事来不了，我们几个就先来了。大家在这里工作了一段，跟乡亲们有感情了，也想抽休息时间回来看看。

几乎每一个村干部都说，就该回来看看，有时间常回来看看。特别是你李主任，是咱村的人了，怎么能不回家呢？

"因为是休息日，而且不是单位组织的集体活动，今天的行程没有专门跟马彩霞队长说。"面对村干部的理解，我说，"以后，我们几个有空了还会来村里转转。单位集体组织的下乡活动还是以马彩霞队长为主，这个工作原则没有变，也不能变。而像今天这种离任工作队员的个别串门行为就不惊动马大队长了。还希望大家不要不欢迎我们啊！"

大家听懂了，会心一笑，尽兴而别。

9

几天后，市电视台新闻综合频道"党员之星"栏目对开发办工作队收地工作以及我因此被村里授予荣誉村民称号的事迹进行了专题报道，充分肯定了我们的扶贫工作成绩。市开发办驻村工作队再次成了关注的焦点。

我整理了从动了收地的念头一直到最后完成收地的全部资料，结合自己的亲身经历，编写了纪实文学《集体的地，必须得姓公》，真实地记录了收地工作的全过程，也反映了下乡生活的原生态。

《集体的地，必须得姓公》好评如潮。

峡口乡退休老干部冯稳忠同志看了赞不绝口。老人做了大半辈子农村工作，在邹家寨挂职过党支部书记，知道这其中的艰辛。老人经验丰富，那天开招标会的时候有人设障阻拦，投标人员到不了会场，老人在关键时刻给了我们非常关键的点拨。我把这些都如实记在了我的书册里。

"我是连夜一口气看下来的。写得好！"他说。

表示一口气看下来的还有好几位老同志。原市机械厂的一位退休老人八十多岁了，我与他素昧平生。一次，他在报纸上看到我写的一篇介绍在扶贫村栽植连翘、双季槐的小文章，专门找来，探讨在他河南济源老家适不适合栽植。我们由此相识。看了《集体的地，必须得姓公》，老人从挺远的地方坐公交找到我们单位，步履蹒跚地上了楼，就是为了告诉我："你们做得好。你写得也真好！"

许多同志以各种方式表达了对我们工作的支持和理解。有的同志读完了以后主动找我交流下乡的体会。有的同志自己读完了，意犹未尽，拿给了自己的亲属、朋友……

邹家寨这点地的事不胫而走。

10

邹家寨，一片乌云慢腾腾地向山后滑去，天空恢复了本来的明净。

里外北坡的土地上，新起了好几架蔬菜大棚，人们在紧张忙碌着。

秋梅背着灌满药水的喷雾器，匆匆打了个招呼，钻到西红柿地里打药去了。

黄大平年前得了一回脑血栓，已经干不了重活了，拿着一根大棒子，在一口大缸里帮秋梅他们搅拌农药。见我爬上山坡走过来，主动说："这多好呢！哪怕是一分钱呢，公平啊！"

他说的是收回集体土地分红的事。村里给大家分过红了。因为没有公示，直接打到了各家的银行卡里，好多群众不知情。看来，以后凡事公开的制度还得经常给村干部提个醒。

在另一家的地里，承包户老黄说，以前村里告惯了、吵惯了，说话都得大声说、吵着说。现在不用了，平平和和地说就行。

我问起这一年多来还有人告状没有，他瞅瞅我，又摊平了手掌一挥，指指满地的庄稼，"正经事还忙不过来呢，谁还去告状啊！"

去农户家串门，收地是个常常被提起的话题。对大多数老百姓来说，收地不仅仅是收回了几十亩土地，更是找回了一份公平正义，找回了人们走失了许久的信心，找回了一份安全感。

守一又去城里住院了，他和他儿子有志都没有见着。

秋喜新盖的农用车车房极不协调地高耸在自家院子门前的路上，有些扎眼。他挑断田间路的事还没有解决。这是他第二次犯浑耍横了。想找他深入谈谈，苦于没有时间，只好先放下了。

贫困户黄有德工伤事故赔偿的事一波三折，至今没有解决，家庭更加拮据。也该沉下心来帮他跑跑了。

郑青支书提拔为副乡长以后，赶上邹家寨和周边的两个村合并，又担任了合并后的大村党总支书记，更忙碌了。特别想坐下来跟他好好说说话，说说土地，说说邹家寨，说说新农村建设和乡村振兴，只能等以后了。

成了邹家寨的"村里人"，更记挂村里的乡亲们，更记挂这片热土。

地，只因这块地！